D1394874

DE KLEINE WINST

Ad van Gils

De kleine winst

Westfriesland

Eerste druk in deze uitvoering 2007

www.kok.nl

NUR 343
ISBN 978 90 205 2830 5

Copyright © 2007 by 'Westfriesland', Hoorn/Kampen
Omslagillustratie: Bas Mazur
Omslagontwerp: Bas Mazur

Hij lag op een hoek van de tafel in zijn blootje. Een man met opgestroopte hemdsmouwen stond over hem heen gebogen. Zijn moeder stond naast hem. De kamer waarin zij zich bevonden, moest de voorkamer zijn, want de deur stond open en hij zag de kapstok in de gang en peettante Coby die om de hoek van de deur keek...

Dat tafereel stond in zijn geheugen gegrift, hoewel dat bijna onmogelijk waar kon zijn, want het speelde zich af toen hij drie jaar oud was. Hij was toen erg ziek, longontsteking en pleuritis en het was de bedoeling dat hij dood zou gaan. Dat hoorde hij pas later, toen hij het kon begrijpen.

Moeder zei altijd dat hij onzin uitkraamde als hij daarover begon, want: „Hoe kun jij je nu iets herinneren van wat er toen met je gebeurde? Daar was jij toch veel te klein voor! Bovendien had jij koorts. Nee, Jos, dat verbeeld jij je allemaal maar!"

Maar Jos de Vet wist wel degelijk waar hij over sprak. Hij had een ijzersterk geheugen, hij wist zich gebeurtenissen te herinneren die anderen al helemaal vergeten waren.

Hij was een 'voorlijk kind', zo noemde moeder dat. Anderen zeiden dat hij vroeg wijs was en weer anderen beweerden dat hij een dromer was of ook wel dat hij het achter de ellebogen had. Wat dat laatste betekende, leerde hij pas later, toen hij al lang en breed van de lagere school was. Voorlopig was hij een jongen zoals alle anderen. Voor die anderen dan, want zelf wist hij op een ondoorgrondelijke manier dat hij niet was zoals al die andere jongens. Zo was hij de enige die zich het hoofd brak over de vraag waarom hij juist in deze tijd en precies in het gezin van deze vader en moeder terechtgekomen was. En bijvoorbeeld niet in een heel ver land waar het altijd heel warm of heel koud was. Hij was toen amper vijf jaar en nog nauwelijks genezen van die nare longziekte.

In die tijd was hij een mager, bleek manneke met een smal gezichtje en grote, wijduitstaande oren en bleekblauwe, dromerige kijkers. Hij sprak niet veel, maar als hij begon te praten met zijn hoge, opgewonden stem, wist hij niet meer van ophouden. Dan kwamen er de wonderlijkste verhalen uit zijn mond. Dan sprak hij over zaken waar hij eigenlijk nog veel te jong voor was. Waar hij de wijsheid vandaan had, niemand wist het.

Zonder er ook maar met wie dan ook over te praten, probeerde hij bijvoorbeeld erachter te komen, hoe dat nu zat met die jongens- en meisjeskwestie. Want hij zag oudere broers en zussen om zich heen. Dat was gewoon. Overal waren er mannen en vrouwen. Maar waarom dat zo was, dat wilde hij doorgronden.

Hij kwam er pas achter toen hij met een buurmeisje achter in de tuin aan het spelen was. Op een bepaald moment hurkte zij neer en deed een plasje. Jos was stomverbaasd. Hij had iets ontdekt waar hij met zijn pet niet bij kon. En hij ging naar zijn moeder om verhaal te halen.

„Ietje is heel arm," verklaarde hij. „Ze heeft geen broek aan, want dat kan haar mama niet betalen, denk ik. En ze kan ook niet gewoon plassen. Ze gaat zitten en dan komt het eruit. Zomaar. Gek hè, mam!"

Maar zijn moeder wist er wel raad mee. Ze gaf hem een klets tegen zijn billen en zei hem alleen met jongens te spelen. Meisjes speelden met meisjes, jongens speelden met jongens.

„Waarom is dat zo?" wilde hij huilerig weten.

„Omdat het zo is," was het vage antwoord.

En dat was fout, want Jos nam daar geen genoegen mee. Hij ging op onderzoek uit. Kroop stiekum onder de tafel en tilde daar de rokken op van Mieke, zijn oudere zus.

„Owee! Hij zit aan me!" kreet Mieke. „De kleine, achterbakse viezerik." Het was een kabaal van jewelste, vader sleurde Jos onder de tafel vandaan, gaf hem een harde draai om de oren en gooide hem in de schuur achter het huis.

Moeder waarschuwde haar man een beetje kalmaan te doen met het tere ventje. „Je zou hem nog een ongeluk aandoen!" zei ze.

Het was al bij al niet zo'n vreselijke gebeurtenis, maar de ervaring zette Jos wel aan het denken. Hij leerde met de draai om zijn oren dat er dingen waren die hij beter niet kon doen, tenzij na lang en diep nadenken.

Het gebeurde was er mede oorzaak van dat Job nog meer in zichzelf gekeerd raakte dan hij al was. In en om het huis viel dat nog wel mee, want daar leerde hij de gang van zaken kennen als zijn broekzak. Maar als hij op zijn pad dingen tegenkwam die vreemd voor hem waren, dan trok hij zich terug. Mede daardoor zagen de mensen in zijn omgeving hem als een schuwen bangelijk jochie, behalve als hij enkel omringd werd door leeftijdgenootjes. Een knaap die het een beetje achter de elleboog had, oordeelde men. Misschien zelfs een beetje achterbaks.

Hij zelf had daar niet zoveel erg in. Hij speelde met de kinderen uit zijn buurt, en hij was altijd heel meegaand en opgewekt met ze. In zekere zin was hij heel pienter, hij wist de leukste spelletjes te bedenken en als gevolg daarvan, of mede daardoor, was hij vaak haantje de voorste.

Dat was er weer de oorzaak van dat de anderen van de ene kant niet zo heel graag met hem speelden, maar van de andere kant ook weer wel. De kinderen onder elkaar vonden hem een rare, maar zij bewonderden hem tegelijkertijd omdat hij van die gekke streken kon uithalen en nergens bang voor leek te zijn. Hij was een waaghals die zonder blikken of blozen wijdbeens in een poortje tussen de huizen naar boven klom tot bij de schoorstenen. Eén verkeerde beweging of het wegschuiven van een voet en hij zou voor dood neervallen. Maar dat gebeurde niet. Hij leek precies te weten hoe ver hij kon gaan, zowel thuis als ook op de school. Daar had hij het best naar zijn zin, op school. Hij toonde zich echt leergierig. In een mum van tijd leerde hij de eerste eenvoudige sommetjes. Terwijl de andere kinderen nog zaten te zuchten, zat hij al braaf met de armen over elkaar.

„Ben je zover, Jos?" vroeg de meester dan en dan riep Jos triomfantelijk: „Allang, meester!"

Dan prees de meester hem als een voorbeeld van ijver voor de rest. Toch was rekenen niet zijn sterkste punt. Dat was taal. Niet het leren om keurige letters en eenvoudige woordjes te schrijven, tussen de regels, met de nodige uithalen naar boven en naar beneden waar dat verlangd werd. Daar was hij niet zo'n held in. Dat kwam omdat hij links was en van de meester toch met de rechterhand moest schrijven. Dat was een regelrechte ramp voor Jos. Als ze een schrijfles achter de rug hadden, toonde de meester zijn gekras onder grote hilariteit aan de andere kinderen met de woorden: „Jos wil ons laten zien hoe het niet moet!" Dan kon hij wel door de grond zinken.

Nee, schrijven was bepaald niet zijn sterkste kant. Maar toen hij leerde lezen, was hij daarin de beste van de eerste klas. Het wonder dat je met bepaalde tekentjes woorden kon maken en dat je die dan kon lezen, dat fascineerde hem enorm. En toen ging het met schrijven ook meteen een stuk beter. Wat de meester niet wist en zijn vader en moeder evenmin, was dat Jos achter in de tuin of boven op de zolder haast elke dag oefende met schrijven. Dan nam hij een potlood mee en zocht een stuk papier of karton. Hij ging zitten met zijn linkerhand onder zijn billen en dwong zichzelf de zo gehate letters en woorden te schrijven die hij van school kende. In zekere zin gaf hij zichzelf strafwerk voor iets waar hij niets aan kon doen. Hij was linkshandig in alles, en dat zou hij wel altijd blijven. Behalve met schrijven. Dat leerde hij met veel pijn en moeite rechts te doen.

In de tweede klas begon hij al echte boeken te lezen. Niet meteen natuurlijk. Eerst moest hij leren spellen en woordjes vormen. En van die woordjes weer zinnen:

Jaap rijdt op zijn fiets,
Hij rijdt zo wild als iets.
Boem! Hij rijdt tegen de tram.
Nu heeft Jaap een diepe schram!

Jos vond het maar een raar versje. Dat kwam omdat hij niet wist wat een tram was. In zijn stad reden geen trams. Wel autobussen.

Hoe het ook zij, Jos leerde lezen. In de winter kreeg hij van Sinterklaas een echt leesboek. „Akie van boer Krelis" heette het. Jos las het met de ellebogen op de tafel en met zijn duimen in zijn oren. Het ging over een wit konijntje dat Akie van zijn vader had gekregen. Op een morgen zat het konijntje niet meer in zijn kooi. Het was weggelopen.

De zoektocht naar dat konijn en de avonturen die het

dier meemaakte waren zo spannend dat Jos er een rood gezicht van kreeg.

„Stoppen met lezen!" gebood moeder hem. „Jij zult nog ziek worden! Dat jouw meester niet meer verstand heeft!"

Ze gaf Jos een briefje mee naar school en het gevolg was dat de meester hem na schooltijd liet nablijven.

„Kun jij mij vertellen, Jos, wat jij zo leuk vindt aan lezen?" vroeg hij. Dat kon Jos niet zeggen, hij wist het niet.

„Ik vind het mooi," zei hij. „Net echt!"

„Net echt?" vroeg de meester. „Wat bedoel je daarmee?"

„Nou, wat er gebeurd! Dat is spannend. Ik was bang dat het konijntje weg zou zijn, voorgoed! Dat zou erg zijn. Maar gelukkig zat het in de koeienstal in het hooi. Toen was ik blij."

„Maar je weet toch wel dat iemand dat verhaal heeft bedacht?"

„Nee, dat is niet zo, meester. Het is echt gebeurd."

„Goed, misschien is het echt gebeurd. Maar iemand heeft het verhaal toch opgeschreven. Anders had jij het niet kunnen lezen. Zo is het een boek geworden. De man die het verhaal bedacht heeft, noemen ze een schrijver."

„Hij schrijft alles op," begreep Jos. „Ook dat verhaal van het konijntje van Akie."

„Ook dat. Weet je, Jos, alle boeken die jij hier in de school tegenkomt en die jij in de stad in de boekwinkels ziet liggen, zijn allemaal geschreven en bedacht door schrijvers. Mensen die van het schrijven van boeken hun beroep hebben gemaakt."

„Dat geloof ik niet," zei Jos vlakaf. „Al die boeken? Ook die in de grote bibliotheek in de stad en hier in de school en de winkels. Dat kan niet!" Het kostte de meester heel wat moeite om Jos uit te leggen hoe dat zat met dat schrijven en hoe er boeken van gemaakt werden en welke mensen er allemaal bij betrokken waren. Het klonk als een bizar, onwezenlijk verhaal en Jos keek dan ook knap ongelovig.

Toen hij naar huis ging, gonsde het allemaal nog door zijn hoofd. En eenmaal thuis zocht hij een schrift en een potlood en ging aan de naaitafel van moeder zitten, pal voor het raam. Verder kwam hij niet. Hij staarde door het raam naar buiten, de tuin in, hij kloof op het potlood, maar hij wist niets te bedenken wat hij kon schrijven. Hij zag zijn jonge broertje achter in de tuin met een paar jongens spelen. En hij schreef, „Ik gaat in tuin speele..." In een wip was hij de deur uit.

Jos werd nu al gauw wat moeder: 'Een grote jongen...' noemde. Hij zou zijn communie doen, een hele belevenis voor een katholiek manneke van zeven jaar. Hij kreeg onderricht in de klas van meneer pastoor zelf die daar speciaal voor uit zijn grote huis naast de kerk kwam en de straat overstak. Met zijn sombere en soms donderende stem kwam hij dat kleine gebroed onderrichten.

Zo leerde Jos van hel en verdoemenis, van de onvergeeflijke blunder die Adam in het paradijs met Eva had begaan. Jos snapte er geen bliksem van. Adam had alles wat hij maar beliefde en dat verkwanselde hij voor een appel die verboden was. En waarom die appelboom daar stond en waarom het een boom der kennis van goed en kwaad was, daar begreep hij helemaal geen sikkepit van. Maar hij slikte het verhaal zoals alle kinderen dat slikten. Het maakte hem eigenlijk niets uit wat ze hem vertelden. Als hij zijn communie maar mocht doen. Vreemd genoeg bracht het verhaal van Adam en Eva licht in een kwestie die Jos al van jongsaf had bezigge-

11

houden. De scheiding, het verschil tussen jongens en meisjes. Ja, dat jongens van onderen anders waren als meisjes, dat wist hij inmiddels wel. Daar was hij ook achter gekomen door de soms minder fatsoenlijke spelletjes bij het verstoppertje spelen en zo. Minder fatsoenlijk omdat meisjes dan zo idioot giechelden als ze met een jongen achter een struik hurkten of in een poortje stonden.

En Toosje van de slager had hem bij zo'n gelegenheid pardoes op zijn wang gekust en toen had ze hem in zijn kruis gepakt. Jos was te verbouwereerd geweest om iets terug te doen. Hij vond het maar raar en om de een of andere reden schaamde hij zich. Hij praatte er ook met niemand over en Toosje durfde hij sindsdien nooit meer aan te kijken. Hij hoorde haar met haar vriendinnetjes lachen om hem lachen als hij voorbijkwam en de wetenschap dat zij over hem vertelde tegen die andere rotmeiden, joeg hem het schaamrood op de kaken.

Zo'n communiefeest was een gewichtige gebeurtenis voor zo'n kleine snotaap. Dat was een grote plechtigheid in de kerk waar alle grote mensen ook bij waren, maar waarbij de jongens en de meisjes heel even het belangrijkste waren.

Meneer pastoor zei het zelf tijdens de godsdienstlessen die zij speciaal kregen omdat zij communicantjes waren. Die lessen werden in de hoge, verder helemaal lege, galmende kerk gegeven. De pastoor ging voor de communiebank op een bankje staan, zodat hij ieder kind goed in de gaten kon houden. Jongens rechts van hem, meisjes links. Zo zaten ze ook elke morgen in de vroegmis, voor ze naar de school gingen.

De pastoor kon mooi vertellen. Daarbij omzeilde hij heel handig al te netelige vragen. Hij sprak over Adam en Eva en natuurlijk over Maria die altijd maagd was gebleven. Maar wat dat betekende, dat legde hij niet uit. „Voor altijd zuiver en heilig in het oog van God," noemde hij het.

Toen hoorde Jos van andere, al wat oudere jongens, dat het kwam omdat Jozef HET nooit echt met Maria had gedaan en dat daarvoor een engel uit de hemel was gekomen. Nu ja, dat nam Jos zonder aarzelen aan. Hij kon het immers zien aan het stalletje dat moeder elk jaar met Kerstmis in de kamer op het tafeltje zette...

Moeder zou voor Jos een mooi pakje maken. Maar op een morgen, toen zij de trap opkwam om haar kroost te wekken, schoof ze uit, ze greep zich vast aan de leuning en: Fluts...! schoot haar arm uit de kom. Moeder had pijn en ze moest naar de dokter die de arm er weer aanzette. Tenminste, zo redeneerde Jos. De arm van moeder was er afgevallen en de dokter had hem er weer aangezet. Knappe dokter, hoor! Maar nu kon ze geen mooie broek en een jasje maken voor Jos. Ze liep met haar arm in een draagdoek. Dus moest Mieke dat maar doen. Mieke kon dat bijna net zo goed als moeder, zij maakte ook al van alles op de naaimachine onder het raam.

Voor Jos maakte ze van bruine, wollen stof een matrozenpak met een braniekraag en een bef. Een fluitkoord kwam onder die kraag vandaan en verdween in het borstzakje. Natuurlijk greep Jos er meteen naar en hij werd op slag teleurgesteld. Er zat geen fluitje aan het koord. En dat kwam er niet aan ook, hoe Jos ook zeurde. Stel je voor zeg dat hij het in de kerk plotseling in zijn bol zou halen om erop te fluiten!

Het communiefeest ging voor Jos voorbij in een wolk van heiligheid, bolussen en zachte broodjes met kaas en ham, ooms en tantes die hem cadeautjes gaven en geld en zijn eerste grote ijsje dat hij van moeder bij de ijscoman op de hoek van de straat mocht kopen. Een ronde ijswafel van vijf cent nog wel met slagroom er tussen.

Tegen de avond, toen het begon te schemeren, werd Jos misselijk van al dat gesnoep en gesmul en hij moest overgeven. Moeder bracht hem naar bed, stopte hem eens extra lekker onder en zei hem zijn avondgebedje niet te vergeten.

Maar daar had Jos geen tijd voor. Hij moest luisteren naar het geroezemoes van de feestvierders beneden en in de tuin. En zo doezelde hij langzaam weg en droomde van zijn eigen aardse paradijs. Daar groeiden de ijsjes aan de bomen en er was een hele grote fluit waar hij helemaal bovenop moest klimmen om te kunnen fluiten...

Er volgde een tijd waarin maar weinig gebeurde. Het vervelende ritme van naar school gaan, eten en naar bed. Op de zaterdag in de grote teil, achter in de keuken, schoon ondergoed aan en naar bed. De volgende morgen opstaan, nette kleren aan en naar de kerk. Voor Jos betekende het dat hij elke vermaledijde zondag in zijn matrozenpak rondliep. Een bruin pak nog wel, waarvan de jongens zeiden dat het een poepkleur was. En zonder fluitje. Jos had wel geprobeerd wat te sparen van zijn zondagse zakgeld. Als hij genoeg had, kon hij er een blikken fluitje van kopen bij Janske in het snoepwinkeltje. Maar elke keer als hij daar in het donkere, lage winkeltje stond met al dat verleidelijke lekkers om zich heen, en hij zag hoe de andere jongens allerlei lekkers kochten, dan kocht hij toch liever een gombal, of twee jujubes voor één cent. Nee, die fluit zou er nooit komen. En van dat bruine matrozenpak raakte hij ook nooit meer af.

Het was in die periode dat hij boze dromen kreeg. Het waren meestal rare, angstaanjagende wezens waar hij mee te maken kreeg, die hem lieten sjouwen en hardlopen van een berg af en die hem van een hoogte dreigden te gooien. Dan werd hij badend in het zweet wakker en dan stond moeder in haar wijde, lange nachtjapon met een bezorgd gezicht over hem heen gebogen.

„Heb je weer gedroomd, jongen?"

„Ja, mamma," antwoordde hij bevend. „Ze willen mij pakken!"

„Niet bang zijn. Ze kunnen je niets doen, omdat ze niet echt zijn. Wat je droomt is niet echt, dat fantaseer je maar in je slaap."

„Maar ik wil niet zo raar fantaseren!"

„Rustig maar. Het gaat wel over. Hier is een glaasje water. Drink maar een slokje."

Dan ging moeder weg en lag hij weer alleen in het donker te staren. Eigenlijk lag hij niet alleen, zijn jongste broer Hein lag naast hem, opgerold als een worst en hij snurkte. Jos durfde Hein niet wakker te maken want dan begon hij te roepen en te krijsen als een idioot.

„Ik blijf wakker," besloot Jos en hij ging op zijn rug liggen en staarde met wijd open ogen in de duisternis. Hij was bang. Hij wist niet waarvoor en toch was hij bang.

Hij doezelde weer in en nu waren het de drie zwarte mannen die hem kwamen pesten. Drie oerlelijke kerels met lange, knokige lijven en uitgemergelde gezichten zonder ogen. Ze kwamen elke keer weer terug en ze moesten hem hebben. Ze keken door twee zwarte gaten naar Jos. Ze wezen naar hem met gestrekte armen. En ze wenkten hem met lange, spitse vingers…

„Kom mee…! Je tijd is om…! Je moet met ons mee."

„Help! Moeder!" Jos vloog weer overeind, badend in het zweet.

„Stil maar, ik ben al bij je!" Als een duiveltje uit een

doosje, zo vlug stond moeder naast zijn bed. „Wat is er aan de hand? Slecht gedroomd?"

„Ze zijn er weer, mam! Ze komen mij halen."

„Onzin! Je hebt maar gedroomd. Als het weer gebeurt, moet je die mannen gewoon wegjagen. Zeggen dat ze niet echt zijn."

Het was een schrale troost. „Horen ze dat dan?"

„Luister eens, jongen, dat weet ik niet hoor. Het is een droom, jongen. Het is maar fantasie. Jij kunt ze zelf verjagen. Doe het! Je zult zien dat het werkt. En sla een kruisje. Dat helpt ook."

Jos nam zich voor precies te doen wat moeder zei. Hij lag met de dekens opgetrokken tot aan zijn kin te wachten. Hij durfde zijn ogen niet dicht te doen. Maar de slaap overviel hem. En meteen waren ze er weer. Die grijpende handen, die zwarte, lege oogkassen: „Mee! Je moet mee!"

„Nee!" Hij vloog overeind, starend in het donker: „Ga weg! Jullie zijn toch niet echt! Ik droom! Moeder zegt het zelf! Ga weg!"

En warempel, de ban was gebroken. Eén van zijn broers riep dat hij zijn mond moest houden. Een ander zei hem te gaan slapen.

Jos ging liggen, maar hij durfde zijn ogen niet te sluiten. Hij staarde in het donker. Langzaam kwam er rust in zijn gemoed. Hij werd helemaal kalm en zijn ogen vielen nu vanzelf dicht. Hij sliep. En sindsdien zijn de drie zwarte mannen hem nooit meer komen plagen.

De dagen werden weken en de weken werden maanden. Zij regen zich aaneen tot jaren. Jos werd groter, hoekiger. Toen hij tien jaar was, stak hij met kop en schouders boven Hein uit. En die was toch maar een jaar jonger. Als een vorm van compensatie was Hein veel vlugger en leniger dan Jos. Ze groeiden samen op, gingen samen naar de school, speelden en vochten met elkaar. Als een van hen ruzie kreeg met een andere jongen die groter was, stonden ze naast elkaar. Ze vochten samen tegen die andere knul.

Het werd vakantie. Een zee van vrijheid en plezier lag voor Jos open. Hij was met goede cijfers overgegaan naar de vijfde klas en de meester had onder zijn eindrapport geschreven: Advies! Over enkele jaren klaar voor de MULO. Jos kan dat aan. Op zijn minst!

„De meester heeft mooi praten," zei moeder. „Er lopen hier nog een paar open monden rond die ook wel meer willen dan gewoon de fabriek in. Maar wie betaalt dat?" En vader zei: „Over een paar jaar kan hij zo aan de slag bij ons in de bouw. Veel verdient hij er niet mee, maar hij leert in elk geval een vak." Maar dat wilde Jos niet. Hij wilde wat de meester gezegd had. En dat zei hij dan ook: „Ik wil niet werken, ik wil doorleren!"

„Dat zeg je nu, maar als je ervoor komt te staan, praat je wel anders," meende moeder. „Elke dag naar school tot je zestiende of zeventiende is ook niet alles. Wacht maar af!"

Maar Jos bleef doordrammen en er kwam heibel van. De broers bemoeiden zich ermee. Zij vonden dat Jos geen haar beter was dan zij. Maar Jos hield koppig vol. Hij moest en zou naar de MULO, naar het Meer Uitgebreid Lager Onderwijs.

„We zullen zien," zei moeder vaag. „Je hebt nog twee jaren te gaan. Dan zullen we beslissen wat er moet gebeuren met jou. En ga nu maar gauw buiten spelen. Je hebt vakantie!"

Het was een strohalm waar hij zich aan vastklampte. Moeder had in elk geval geen 'nee' gezegd. Er was dus nog hoop.

HOOFDSTUK 2

Ze waren aan het voetballen op het pleintje aan het eind van de straat, Jos en Hein en nog een paar jongens uit de buurt. Ze hadden het er knap druk mee, want zoals gewoonlijk ging het er nogal ruig aan toe. De beschaafde spelregels van het nobele voetbalspel waren niet van toepassing. Voetballen op het pleintje betekende: knokken voor elke vierkante meter. Het kwam niet aan op techniek, wel of jij met je lijf iemand te pletter kon duwen tegen het muurtje van de schillenboer zodat jij er met de bal van de tegenstander vandoor kon gaan. Het ging meer om het recht van de sterkste dan om techniek. Techniek, dat was de bal onder een bepaalde hoek tegen een schutting schoppen zodat je hem weer op kon vangen op de plek waar hij terechtkwam. Techniek, dat was iemand de lucht uit zijn longen persen door je arm om hem heen te slaan en onder het geruzie om de bal te knijpen zo hard je kon. Verder was alles geoorloofd, zolang er maar geen bloed vloeide. Dat gebeurde soms toch omdat iemand niet tegen zijn verlies kon en op de vuist wilde. Jos en Hein waren knap bedreven in het spel, waarbij Jos misschien wat minder fel tekeer ging als Hein. Hein kon zich wat dat betreft ook meer veroorloven. Maar dat kwam omdat hij nogal klein van stuk was en een bleekneus. Zo'n mager, iel kereltje sla je niet meteen op zijn bek als hij je per ongeluk tegen je schenen schopt. Bovendien kon Hein een vreselijke keel opzetten als hij zelf eens flink genomen werd. Daar kon dan de hele buurt van genieten.

De veldslag was in volle gang. Jos en Hein stonden

twee goals achter en er moest dus geknokt worden om elke centimeter van het pleintje. Jos had de bal in een hoekje gefrommeld en schermde zijn aanvaller af met zijn rug. Hij hoorde zijn broer roepen: „Hier, slome! Hier met die bal!"

Jos zette zijn voet onder de bal en probeerde hem omhoog te wippen. Op dat moment fladderde er iets langs zijn gezicht omlaag en op zijn schoen. Jos schrok... het was een duif! Een hulpeloze, jonge duif die langs de gevel naar beneden was gekomen en die nu, die ineengedoken aan zijn voeten lag.

„Ho! Even wachten!" riep Jos.

„Waarvoor? Kom op met die bal!" eiste een jongen en probeerde er met zijn voet bij te komen.

„Achteruit. Hier ligt een jonge duif! Pas op, raak haar niet aan!"

„Wat kan mij die duif schelen? Ik wil de bal, verdorie!"

Jos zette zich schrap, probeerde zich te bukken en de duif te pakken die doodstil en geschrokken aan zijn voeten lag. Hij kreeg een schop tegen zijn enkel.

„Au! Rotjong!" Hij draaide zich om en sloeg naar de opgewonde jongen. „Kijk uit wat je doet, oen!"

Op dat moment probeerde de vogel weg te komen, maar hij kon amper vliegen. Hij fladderde langs de muur. Jos kon hem zó pakken. Hij hield hem voorzichtig met beide handen vast. Hij knoopte zijn hemd los en stopte het verschrikte dier erachter.

Nu waren alle jongens er bij. Ze wilde de vogel allemaal zien, maar Jos schermde hem af en liep weg. De anderen liepen met hem mee.

„Waar ga je naartoe?" wilde Hein weten.

„Naar Naatje Slieger! Die duif is natuurlijk van hem."

Een logische gedachte. Nathan Slieger was een duivenmelker. Een oude, kleine man, die helemaal alleen in een klein huisje woonde, achteraan in de straat.

„Laten we hem zelf houden," stelde Hein voor. „Dan kunnen we hem opkweken tot een vlieger. Daar kun je geld mee verdienen!"

„Je bent niet goed wijs. Wij hebben immers geen verstand van duiven. We hebben niet eens een hok om hem in te doen. Nee, hij is van Naatje."

„Dan ben jij wel goed stom," zei een jongen. „Je geeft hem toch niet zomaar weg. Misschien is hij helemaal niet van Naatje, maar hij zal hem wel aanpakken. Je moet er geld voor vragen."

Jos schudde onwillig het hoofd. Het warme diertje tegen zijn borst maakte hem bijna week van medelijden en bezorgdheid. Hij hield er zijn arm beschermend overheen en zo kwamen ze bij Naatje aan.

De oude man stond in de doorgang naast zijn huisje en toen hij de zwerm jongens zag naderen, deed hij een paar passen achteruit. Je kon nooit weten met die schavuiten, zo scheen hij te denken.

De jongens hielden hun pas in, alleen Jos liep door.

„Dag!" groette hij. „Ik heb een duif gevangen, een jonge. Ginds op het plein. Hij viel zo naar beneden."

„Is dat toch waar, mijn jongen?" zei Naatje. „Laat mij eens zien. Oh, je hebt hem goed opgeborgen zie ik. Geef jij hem maar voorzichtig aan mij."

Jos probeerde de duif te pakken, maar die kroop verder weg, bijna tot op zijn rug. „Het gaat niet."

„Kom maar mee, dan kun je hem binnen te voorschijn halen."

Jos liep achter de oude man aan naar binnen terwijl de andere jongens buiten bleven. In een piepklein bijkeukentje kwam hij, het was meer een soort halletje met een kraan op kniehoogte met een emmer eronder en een tafeltje waar wat gerei op stond. Nathan sloot de deur.

„Zo, haal de jonge zwerver nu maar tevoorschijn."

Het lukte bijna nog niet. Jos moest zijn hemd uit zijn broek trekken om de vogel er onderuit te krijgen. Toen viel hij nog bijna, maar Nathan ving het diertje op.

„Mooi zo!" Hij bekeek de vogel goed en knikte. „Het is er een van mij. Wil je zien waar hij vandaan komt? Dan kun je de andere jongens meteen vertellen dat ik geen leugen vertel. Kom maar!"

Hij stiet de tussendeur open en zo kwamen ze in het woongedeelte. Een lage ruimte met zand op de vloer en dikke balken onder het plafond. Er stond een ladder in de hoek van de kamer. Naatje wenkte: „Kom maar."

Het was Jos vreemd te moede toen hij achter de oude man de ladder beklom. Het gekoer van duiven kwam hem halverwege tegemoet. De oude man gebruikte de zolder als duiventil. Boven bij het trapgat was een vierkante meter vrij gehouden, maar de rest was helemaal afgezet met gaas. Er waren twee klepraampjes die open stonden, waardoor de duiven in en uit konden vliegen. Het stonk er naar vogelpoep.

„Ze mogen vandaag vliegen omdat het zo'n mooi weer is," zei Naatje. „Kijk, daar achter wordt gebroed. In die nesten tegen de muur. Deze deugniet is er wat te vroeg uitgekomen en hij heeft de grote sprong in het ongewisse gemaakt. Stom dier! Ik zal hem gauw terugzetten. Hij zal het nu wel afgeleerd zijn. Vliegen is een kunst, dat moet ie nog goed leren."

Terwijl Jos wachtte, ging Naatje in de kooi en meteen zaten er vogels op zijn schouders, zij fladderden om hem heen als gekken. Oh, zo voorzichtig ging Naatje naar de broedhokken en zette daar de jonge duif op een stok. Hij wankelde nog een beetje. Beduusd alsof hij nog niet bij zijn positieven was. Maar hij bleef zitten. Geen zin meer in een avontuurtje, dacht Jos.

„Zo, die is weer thuis," zei Naatje terwijl hij de kooi weer afsloot. „Kom. We gaan weer naar beneden. Dan kunnen ze wat kalmeren."

Aan de voet van de ladder stond Jos op de lemen vloer en hij aarzelde. Moest hij nu weggaan of moest hij nog wachten. Naatje hielp hem uit de droom.

„Lust jij melk?" vroeg hij. „Geen taptemelk van Jantje Speet. Want die duvelt overal een kwak water bij. Maar echte, recht van de koe?"

Jos was niet gek op melk, maar hij durfde niet te weigeren. Hij zou de oude man kunnen beledigen als hij dat deed.

Er stond een grote pan op een oud fornuis en daaruit schepte Naatje een emaillen kroes vol romige melk, zette die voor Jos op tafel en zei: „Drink!"

Jos dronk. De dikke, volle melk deed hem bijna kokhalzen, maar hij zag hoe de ouwe naar hem keek en dapper slikte hij, slok voor slok ging naar binnen. Hij dacht erin te stikken, maar het lukte hem de kroes helemaal leeg te drinken.

„Nog een?" bood Naatje aan.

Jos boerde spontaan, haalde verontschuldigend zijn schouders op. „Ik zit vol."

„Goed zo." Naatje keek hem met een vriendelijke glimlach aan. „Jij lijkt mij een pientere knaap. Woon jij hier in de buurt? Ach, natuurlijk, wat een domme vraag van me. Je was hier immers in de straat aan het spelen. Van wie ben jij er een?"

„Van De Vet. Op het einde van de straat."

Naatje dacht na, schudde zijn hoofd. „De Vet? Dat zegt mij niets. Maakt ook niets uit." Hij liet zijn aangetaste gebit zien in een brede lach. „Jij bent een geschikte jongen, weet je dat? Dat zie ik zo aan je. Jij bent niet zo'n branieschopper zoals die schreeuwlelijkerds die mijn duiven op stang jagen. Jij bent een rustige jongen. Jij houdt van vogels. Heb ik gelijk?"

„Ik vind vogels mooi," bekende Jos.

„Zie je wel. Ik wist het wel. Moet je horen. Ik heb liever geen jong grut in de buurt, maar voor jou wil ik een uitzondering maken. Luister goed! Als je zin hebt, mag je mij wel eens een keertje komen helpen met de duiven. Voeren en zo. Schoonhouden. Jonkies verzorgen, dat soort werk. Lijkt je dat wat?"

Jos kon zijn oren niet geloven! „Dat... dat wil ik heel graag!"

„Goed, dat is dan afgesproken. Zo eens in de week, zou dat gaan, denk je? Op de zaterdagmiddag bijvoorbeeld? Dan hebben jullie toch geen school."

„Ja, dat wil ik wel." Hij dacht niet aan protesten van moeder, over boodschappen doen en in bad gaan. „Zal ik dan recht uit school komen?"

Naatje lachte. „Mij best, maar je zult eerst moeten eten. Of niet soms?"

„Ja, natuurlijk. Stom van mij."

„Geeft niet. Tot zaterdagmiddag dan maar!"

„Ik zal er zijn." Jos roetste de ladder af en de straat op. De jongens stonden nog op hem te wachten.

„En...? Heb je iets gekregen...? Een cent? Twee cent?"

„Helemaal niet. Hij heeft mij gevraagd hem te komen helpen met de duiven. Elke zaterdag. Nathan is een goede man."

„Oh? Ja, dat zal wel! Je hebt erom gevraagd, zul je bedoelen. Slijmbal!"

„Wil je een dreun, jaloerse kwal?" bood Jos aan. Maar daar ging de ander niet op in. Hij haalde zijn schouders op en liep weg.

„Mietje!" riep hij nog over zijn schouder.

„Ik ga naar huis," zei Jos tegen de anderen. „Waarom?"

„Zomaar. Ik heb geen zin meer."

Vanaf die dag veranderde het leven van Jos de Vet. Het kostte hem moeite om rustig te wachten tot het zaterdag was. En toen het zover was, lag hij met zijn moeder overhoop omdat zij van hem verlangde dat hij na schooltijd thuisbleef om matten te kloppen en boodschappen te doen. Jos protesteerde hevig, maar het hielp geen zier.

„Dat jij die ouwe duivenmelker wilt helpen is best, maar het werk hier gaat voor!" zei moeder beslist. „Schiet maar gauw op dan heb je straks nog een zee van tijd om naar hem toe te gaan."

Jos deed het met een zuur gezicht en tegelijk in een vloek en een zucht. Hij zwoegde met de gangloper en de kokosmat uit de kamer. Het was een karwei om die over de hoge kloppaal te hangen. Het was bijna te zwaar voor hem en voor de mat moest moeder ook even komen helpen. Maar het lukte en Jos sloeg er met de mattenklopper flink op los. Het stof vloog in het rond en hij meende na een paar minuten ook klaar te zijn. Maar moeder dwong hem de matten nog een keer om te draaien en daar werd Jos toch zo boos over.

„Dat doe je expres, moe!" riep hij uit. „Jij bent niet eerlijk! Jij wilt mij thuis houden zodat ik niet naar Naatje kan. Dat is gemeen!"

„Praat geen onzin, jongen. Ik vind het best dat je gaat, maar het werk hier gaat voor! Als je nu niet gauw opschiet, ga je helemaal niet meer!" Het gevolg was dat hij pas laat in de middag naar Nathan kon. Hij kwam er hijgend en met een vuurrood hoofd aan.

De oude vroeg of ze hem op de hielen zaten en toen Jos

de reden van zijn late verschijnen vertelde, lachte de duivenman.

„Kom mee, naar boven. Ik heb een smerig karweitje voor je, maar het moet gedaan worden. De vloer van de duiventil afsteken, je breekt je nek over de vogelpoep, maar ik kan dat niet meer zo goed. Jij hebt nog jonge knieën."

Jos kreeg een emmer, stoffer en blik en als belangrijkste wapen een breed plamuurmes.

„En vergeet de hoekjes niet!"

Het was een tegenvaller voor Jos, die verwacht had op zijn minst even met de duiven zelf bezig te mogen zijn, maar daar kwam niets van. Meer dan een uur kroop hij op zijn knieën over de zolder met het drukke gescharrel en gekoer van de duiven om zich heen. Het was vervelend en opwindend tegelijk. Hij verzamelde twee volle emmers duivendrek en ondertussen werd hij drie keer op zijn rug en hoofd gepoept. De oude knikte goedkeurend toen hij de eerste keer met een volle emmer drek en met de vieze sporen op zijn rug beneden kwam. De tweede keer klapte hij een beetje plagend in de handen.

„Goed gewerkt, knechtje!" lachte hij. „En, hoe bevalt je dat? Of had jij het je anders voorgesteld? Ja, natuurlijk had je dat. Maar dit is ook werk dat gedaan moet worden en ik ben blij dat ik jou nu heb om dat smerige karweitje voor mij op te knappen."

„Ik vind het niet erg," loog hij vlot. „Moet ik nog meer doen?"

Ja, hij mocht nog meer doen. Hij mocht het voer aanvullen, de vloer beneden onder het duivenverblijf aanvegen en zo nog een paar van die dingen. Toen hij klaar was, stond het zweet op zijn rug, maar zijn ogen stonden nog even vrolijk en verwachtingsvol.

„Ik ben dik tevreden over jou," prees Naatje. „Kom je volgende week weer?"
„Heel graag. Ik wil best elke dag even komen."
„Nee, dat wordt te veel van het goede en het is ook niet nodig. Jij moet ook gewoon gaan voetballen met de jongens en kattenkwaad uithalen. Want dat doen jullie natuurlijk, kattenkwaad uithalen?"
„Soms," gaf Jos aarzelend toe.
„Goed zo, jongens blijven jongens. Ik was vroeger geen haar beter. Hier, voor de moeite!"
Jos keek naar wat de oude man hem in de hand had gestopt. Een heel dubbeltje nog wel! Tien centen! Even aarzelde hij. Toen zei hij, terwijl hij zijn hand uitstak: „Dat hoeft niet, Nathan! Dat is te veel."
„Niks te veel. Je hebt het verdiend. Maar wacht… misschien heb ik een beter idee." Nathan nam een stroopblikje van het schap boven de schouw. „Geef dat dubbeltje maar hier. Zo, ja."
Hij nam zijn grote knipbeurs en haalde daar twee vierkante stuivers uit. Eén ervan gaf hij aan Jos. „Dat is om op te snoepen. En de andere gaat hier in. Dit is vanaf nu jouw spaarpot. En elke zaterdag als jij komt helpen doen wij het precies zo; Vijf cent in je zak, vijf cent in de spaarpot. Zo goed?" Natuurlijk vond Jos dat goed. Hij zong bijna van blijdschap toen hij naar huis ging.
Alles was dus rozengeur en maneschijn voor Jos de Vet. Dat meende hij zelf in elk geval wel. Het leven lachte hem toe. Hij was nog maar een jongen, had zo nu en dan moeite met leren en soms kreeg hij zelfs straf.
En hij struinde met de jongens uit de buurt de straten af, ze gingen naar de bossen op de vrije woensdagmiddag, en zwemmen in een groot ven midden op de hei. Alleen op zaterdag ging Jos niet mee, want dan moest hij naar Nathan. En er ontstond een hechte vriend-

schap tussen de oude man en de jongen.

Vader vond het allemaal maar niets.

„Waarom kan die blaag van ons niet bij boer Pompen gaan helpen, als hij dat zo graag doet," zei hij.

„Het gaat hem om de duiven," meende moeder.

„Nou, laat hem dan zelf een paar van die fladderaars houden. Dat kan ons de kop niet kosten en je weet tenminste wat hij uitspookt."

„Hoezo, uitspookt? Wat kan hij bij Naatje uitspoken?"

„Ik heb iets tegen mensen zoals hij, dat weet je. Ik heb daar niks mee, het kan mij ook niet schelen al was hij hindoe of hottentot. Maar ik wil er niks mee te maken hebben en ik wil niet dat onze jongen daar rondhangt. Nu duidelijk?"

„Heel duidelijk!" beet moeder hem vinnig toe. „Hij is ons te min, dat bedoel je."

„Nee, dat bedoel ik niet." Vader wuifde het weg. „Ach, laat ook maar. Jij begrijpt me best, maar je wilt het mij niet bekennen. Laat rusten. Laat de jongen maar aanklooien. We zien wel wat eruit voortkomt."

Voorshands kwam er niets uit voort. Tenminste niets merkbaars. Jos ging trouw elke zaterdag naar Naatje en daar was hij in het wereldje dat hem werkelijk in de ban hield. Hij had geen hekel aan de bezwangerde lucht op die duivenzolder, hij maalde er niet om dat hij poep moest ruimen. Als hij daarmee bezig was, werd hij omgeven door de duiven die steeds meer vertrouwd raakten met hem. Die gewoon op zijn hand kwamen zitten als hij ze lokte met wat zaad. Die om zijn hoofd vlogen als hij beneden in het tuintje bezig was.

En er was meer. Nathan Slieger had boeken. Dikke folianten van ingebonden tijdschriften. Nederlandse, maar ook Belgische en Franse. Ze lagen in de kast achter slot en grendel. En in die boeken mocht Jos bladeren als het werk achter de rug was. Dan haalde Naatje de sleutel te voorschijn en dan ging die kast open en legde Nathan zo'n mooi dik boek op de tafel, pal voor zijn neus.

„Lezen en kijken. Dat mag. Naar de mooie platen kijken. Dat mag ook. En als je iets wilt weten wat je niet begrijpt, dan vraag je het maar. Niet zomaar stom kijken, maar vragen als je iets niet snapt. Daar word je wijzer van."

En zo kwam het dat er voor Jos de Vet een wereld openging die hij niet kende en die hem in vervoering bracht. Natuurlijk kende hij geen Frans en die boeken interesseerden hem dan ook maar matig. Maar die andere, de Nederlandse en vooral de Belgische boeken waren ronduit opwindend voor hem. Zij boden hem de kans kennis te nemen van een wereld die tot dan toe vreemd was voor hem. Hij leerde Belgische streken en steden kennen, las het wat zangerig aandoende taalgebruik en dat raakte hem. België was zo dichtbij, de grens was maar een dik uur fietsen bij hem vandaan en toch toonden die mooie, statige boeken hem een wereld die hij nog niet kende en die hem nieuwsgierig maakte. Hij las de onderschriften bij de foto's van de grote steden, zoals Brussel en Antwerpen, maar zijn aandacht richtte zich ook, ja vooral op het Vlaamse platteland.

Het was niet zoveel anders dan het Brabant dat hij kende. En ook weer wel. De huizen waren anders, de boerderijen ook en alles werd op een wat komisch aandoende manier anders genoemd en gezegd.

Een wereld als een sprookje, zo leek het. En als Jos een uur of wat in zo'n boek had geneusd en Naatje zei dat het nu wel weer genoeg was, had hij een hoofd als vuur.

„Je vindt het mooi wat je ziet en leest, is het niet?"

vroeg de oude man. „Heel mooi! Ook een beetje vreemd, maar ook mooi," bekende Jos.

„Dat is goed. Dat is heel goed. Jij hebt hersens, mijn jongen, en je weet ze te gebruiken. Doe daar iets mee! Zeg tegen je vader en je moeder dat ik heb gezegd dat jij een knappe kop hebt en dat ze jou naar de grote school moeten sturen. Hoe oud ben je nu?"

„Elf jaar, Nathan."

„Elf jaar! Dan ben jij er bijna klaar voor. Want dat betekent immers dat je het volgende jaar van school komt, is het niet zo? En jij wilt doorleren, zo is het toch? Een jongen met jouw gaven mag niet zomaar de fabriek in. Jij moet gaan leren. Wat zeggen je vader en moeder."

„Niets," jokte Jos voor het gemak. „Maar de meester op school zegt dat ik goed genoeg ben om verder te leren."

„Maar bij je thuis zeggen ze dat je moet gaan werken."

„Daar is nog niet echt over gepraat."

„Ik heb zin…" De oude wreef zich in de handen. „… ik heb zin om eens met jouw ouwelui te gaan praten. Over jou! Zou dat helpen, denk je? Of juist niet? Stel je voor, ik sta bij jullie op de stoep en ik zeg: Ik kom over de toekomst van Jos praten. Wat zullen ze dan zeggen? Zullen ze zeggen: Ga weg, ouwe gek, waar bemoei jij je mee? Of zullen ze zeggen kom er maar in? Wat denk je, Jos?"

„Ik weet het niet," antwoordde hij aarzelend.

„Nu ja, het is de gok waard. Je hoeft niets tegen ze te zeggen. Ik ga hen verrassen. Overvallen! Zo van: Boem, hier sta ik en ik wil gehoord worden over het lot van jullie gezegende zoon Jos. Wat zullen ze daarop zeggen?"

„Ze zullen je voor gek verklaren, Nathan!"

„Ja? Ja, ja natuurlijk zullen ze dat. Maar ze zullen naar mij luisteren. Daar ben ik zeker van!"

Enkele dagen later was het raak. Jos kwam om twaalf uur thuis uit school. Stoeiend met Hein rende hij achterom door het poortje en buitelde als eerste de keuken in.

„Moeder, Hein heeft mijn pees van mijn haktol en hij wil het niet teruggeven!"

„Dat liegt ie! Hij heeft het geruild voor twee glazen knikkers!"

Moeder reageerde niet. Ze maakte met haar hoofd een gebaar naar de kamer. „Kijk eens wie hier is!"

Jos trok de tussendeur open. Het was de oude Naatje.

„Dag joch. Ja, je ziet het goed. Ik zit te wachten op je vader."

„Waarom?" vroeg Jos, maar hij wist maar al te goed goed waar het over ging. „Moeder?"

„Hij komt over jou praten, jongen en wel op een heel ongelukkig moment. Op het middaguur nog wel. Dadelijk komen de anderen om te eten. Nathan, je moet met Jos maar in de voorkamer gaan tot mijn man komt."

„Zoals je wilt, vrouw De Vet."

De voorkamer was een nette kamer waar ze bijna nooit kwamen. Vaders goede fiets stond daar op de standaard.

Naatje nestelde zich in een van de leunstoelen die daar stonden.

„Zo, jongen, heb ik toch woord gehouden. Je ziet het."

„Vader zal het vast niet leuk vinden," meende Jos.

„We zullen zien."

Jos voelde zich in elk geval helemaal niet gelukkig. En toen even later de tussendeur openging en vader binnenkwam, met een streng en strak gezicht, schrok hij daarvan. Hij sprong op. Vader keek hem aan.

„Naar achter jij!" klonk het commando.

„Ho, De Vet!" Naatje kwam overeind. „De jongen heeft niets…"

„De jongen is mijn zoon, Nathan! Vooruit Jos. Wegwezen!"

Jos ging en in de huiskamer werd hij door zijn broers en zussen met leedvermaak ontvangen. Hij deed alsof hij de plagerijen niet hoorde, ging op zijn plaats aan tafel zitten. Maar het eten dat moeder hem voorzette, raakte hij niet aan. Hij kon nu niet eten, kom op zeg!

Het duurde lang daar in de voorkamer. Eindelijk hoorden ze hoe vader Nathan uitliet. Hij kwam de kamer in met een hoofd als vuur. Hij ging op zijn plaats aan het hoofd van de tafel zitten, keek Jos met boze ogen strak aan en zei: „Jij gaat niet meer naar Nathan! Begrepen?"

„Nee," waagde Jos te zeggen. „Waarom mag ik dat niet?"

„Omdat ik het zeg. En omdat het niet deugt! Zo'n ouwe kerel die zich met een jongen inlaat…! Wat zullen de mensen daar wel niet van denken?" Het klonk als een banvloek. Maar Jos gaf het niet op.

„Naatje is een aardige man. Hij vindt dat ik niet naar de fabriek moet gaan als ik van school kom, maar dat ik verder moet leren!"

„En ik vind dat jij je grote mond moet houden en je bord leeg moet eten. Ik wil er geen woord meer over horen. Jij gaat er niet meer heen, punt, uit!" En daar moest Jos het mee doen, of hij het nu leuk vond of niet. Natuurlijk was hij boos op zijn vader. Hij vond hem een bruut, een tiran. En dat kwam vooral omdat vader niet duidelijk wilde zeggen waarom hij niet meer naar Nathan mocht gaan. Hij klaagde zijn nood bij moeder. Maar die wist er evenmin raad mee.

„Je vader heeft met Nathan gepraat en als gevolg daarvan vindt hij dat het beter is dat je daar niet meer heengaat. Ik kan hem niet helemaal ongelijk geven."

„Ja, maar waarom niet?" drong Jos aan. „Nathan is toch een aardige man. Hij doet niemand kwaad en hij heeft met niemand ruzie. Hij heeft alleen zijn duiven. Daar is hij gek mee en ik vind het fijn om ervoor te zorgen. Wat is daar mis mee?"

„Ik weet het niet jongen en als ik het wel wist, zou ik het je nog niet zeggen. Je vader heeft het laatste woord. Punt uit."

Het waren uiteindelijk zijn vriendjes die hem uit de droom hielpen. „Nathan Slieger is niet zoals wij. Hij gaat niet naar de kerk zoals wij. Nathan is een jood, dat weet je toch?"

Ja, dat wist Jos wel. Maar wat maakte dat uit? Hij brak er zijn hoofd over. Ten slotte ging hij tegen het verbod van vader in toch naar Nathan en vroeg het brutaal aan de man zelf.

„Waarom ga jij nooit naar de kerk?" vroeg hij.

De oude man keek hem onderzoekend aan en glim-lachte meewarig. „Dus daarom ben jij niet meer komen opdagen, afgelopen zaterdag," zei hij. „Je vader zei me al dat jij niet meer zou komen."

„Ik mag niet meer. Omdat jij niet naar de kerk gaat. Is dat waar? Leef jij als een heiden? Heidenen gaan immers niet naar de kerk."

„Maar ik ga wel naar de kerk. Niet naar die van jou, maar naar een andere. En daar bid ik en zing ik net als jij in jouw kerk. Met andere gebeden en andere gezan-gen, dat wel. Heeft je vader je dat niet verteld?"

„Nee! En jij ook niet!" zei Jos boos en hij wilde hard weglopen.

Maar de oude Naatje hield hem tegen.

„Jouw vader wil dat je hier wegblijft en je moet hem gehoorzamen. De reden is niet van belang. Daar kom je later wel achter. Ga dus maar en… wacht ik zal je wat geven omdat jij mij zo goed hebt geholpen."

Hij nam een klein boekje uit de kast en dat gaf hij aan Jos. „Lees dit maar eens door, op je gemak. En telkens als je erin leest, moet je maar aan mij denken. Zul je dat doen?"

„Ja! Maar waarom…?" Het boekje heette *De Bloedgetuige* zag Jos. En de oude man gaf hem nog iets. Een kleine zilveren medaille in de vorm van een ster, aan een kettinkje. Een Davidster…

„Om aan je broekriem te hangen. Of… wacht… Hier," Nathan graaide in de la van de kast. „Een zakmes! Het is een oudje maar nog heel goed, hoor. Die kun je wel zo aan je broeksriem hangen. Met die ster erbij ben je een echte bink."

„Dankjewel," zei Jos gemeend en hij herhaalde: „Waarom geef je dat allemaal aan mij?"

„Niet op alle vragen is een antwoord mogelijk. Je zult zelf op onderzoek moeten gaan om erachter te komen. Ga nu maar."

Jos aarzelde. Toen vroeg hij: „Ze zeggen dat er oorlog komt. Is dat zo?"

„Dat weet geen mens. Ga nu maar en denk er niet aan. Ga!"

Hij ging naar huis met een raar gevoel in zijn maag. Net alsof hij moest huilen. Maar dat was niet zo. Hij voelde zich wel ellendig. Hij schaamde zich. Niet over zichzelf. Hij had niets verkeerds gedaan, dat wist hij zeker.

En vader? Waarom was vader zo tegen Nathan? Wat had die man gedaan? Helemaal niets.

Hij kwam thuis, met het boekje achter zijn shirt. Hij ging ermee de tuin in, waar het onkruid wel een meter hoog stond. Daar ging hij liggen op zijn rug met zijn handen onder zijn hoofd. Hij keek omhoog naar de voorbijdrijvende wolken. En nu drupten er tranen uit zijn ogen en over zijn wangen. Hij had er zelf geen erg in.

„Jos! Opstaan! Je moet naar school, jongen!"

Hij hoorde het wel. Hij hoorde de heldere stem van moeder bliksemsgoed, maar hij bewoog niet. Hij lag diep onder de dekens met zijn ogen stijf dicht en hij dacht na.

Naar school. De laatste dag. Hij kon het niet geloven. Toch was het waar. De oorlog waar iedereen over sprak, was gekomen en nu waren er vreemde soldaten in de school. Jos was gaan kijken toen ze aankwamen in grote vrachtwagens, met motorrijders erbij en met barse bewakers die de mensen op afstand hielden.

Jos had gezien hoe de schoolbanken uit de lokalen werden gehaald en onder het afdak van de speelplaats werden opgestapeld. Hij had de soldaten gezien die in rijen hun spullen op de speelplaats legden. De meesten hadden een geweer, een paar hadden een gevaarlijk, groter schiettuig met drie pootjes eronder. En allemaal hadden ze een uitpuilende rugzak bij zich.

De soldaten zaten op de grond of stonden in groepjes bij elkaar te praten en te lachen. Ze zagen er helemaal niet gevaarlijk uit.

HOOFDSTUK 3

Jos begreep niet waarom hij nog naar de school moest. Ze hadden niet eens meer een school. Die was nu van de Duitse soldaten. Daarom moesten de jongens een heel eind lopen naar een zaaltje in de buurt en daar kregen ze dan les. Het was een rare toestand.

Het was trouwens toch alsof de wereld op hol was geslagen. Dat kwam omdat de Duitsers nu de baas waren in Nederland en daar niet alleen. Ook in België en in Frankrijk. En ze waren ook in oorlog met Engeland. Dat kwam, dacht Jos, omdat de koningin daarheen was gevlucht toen de oorlog begon. Eigenlijk kon het hem allemaal niet zoveel schelen. Het was net een spannend boek, maar dan echt.

Bovendien had hij het te druk met zichzelf. Hij begon groter te worden en er gebeurde vreemde dingen met zijn lijf. Dingen die hem opwonden en bang maakten tegelijk. Het gebeurde allemaal vanzelf, het was niet zijn schuld als dat rare, opwindende gevoel hem midden in de nacht overviel. Hij kon er ook met niemand over praten. Ja, met meneer pastoor in de biechtstoel, maar dat vertikte hij. Dat was slecht, want zo laadde hij een dubbele zonde op zijn ziel, maar er was niets aan te doen.

Jos bad veel om vergeving om de slechte gedachten die hem soms overvielen. Het had te maken met meisjes en vrouwen en hoe dat het nu was… met meisjes dacht hij dan. Dat waren ook weer slechte gedachten en ook die zou hij moeten opbiechten, maar ook dat vertikte hij. Hij schaamde zich ervoor om daarover met de pastoor te praten. Die wist er immers niets van. Een priester

35

dacht immers nooit aan dat soort dingen. Daarom was hij toch priester geworden!

Jos werd een piekeraar zonder het zelf te merken. Hij speelde nog wel met andere jongens op het plein voor de kerk. Voetballen. En daarna verstoppertje in de buurt, wegkruipen in poortjes en achter muurtjes. Alleen of met een andere jongens. Er deden ook meisjes mee, maar niet zo vaak. De moeders hadden het verboden. Het gaf geen pas, vonden zij. En zij hadden gelijk. Want Jos was een keer weggekropen achter een struik met Nelleke van de Hoek in de doorgang naast de kolenboer. En toen had Nelleke zijn hand gepakt en hij moest bij haar voelen. En daarna kuste zij hem hard op de mond. Jos was er opgewonden van geworden en tegelijk schaamde hij zich. Die nacht sliep hij slecht en droomde hij de vreselijkste dingen. Nu was hij een echte zondaar geworden.

Hij vond het vreselijk dat hij nooit meer het onschuldige jongetje kon worden van vroeger. Maar hij wist dat het nu eenmaal zo was en niet anders. Je werd als baby geboren en je werd vanzelf groter. Daar hoefde hij niets voor te doen. Maar het was wel verontrustend allemaal.

Aan Naatje Slieger probeerde hij zo weinig mogelijk te denken. Dat kwam door schaamte. Hij vond dat hij de oude duivenmelker had verraden. Dat zijn vader hem had geboden er weg te blijven, deed er niet toe. Hij had er toch zo nu en dan heen moeten gaan, vond hij. Niet zo vaak als eerst en ook niet meer om het duivenplat schoon te maken. Maar gewoon, uit vriendschap. Maar hij deed het niet. En hij las ook niet in het boekje *De Bloedgetuige* dat de oude hem had gegeven. Waarom wist hij zelf niet.

Misschien was het de titel die hem tegenstond. Soms

zat hij ermee in zijn handen, maar gauw genoeg legde hij het weer weg. Hij vond het geen fijn boek. Het maakte hem bang.

Maar het zakmes met de Davidster droeg hij altijd bij zich. Niet aan zijn broekriem, maar gewoon in zijn zak. Hij was te bang dat de jongens het zouden afpakken.

Het werd grote vakantie. Daarna zou Jos naar de ambachtsschool gaan. Hij zou een vak gaan leren. Timmerman of zoiets. Een andere mogelijkheid was er niet. Er was immers door vader beslist dat hij niet zou doorleren. Dat zou niet eerlijk zijn tegenover de oudere broers en zusjes die meteen aan het werk moesten toen zij van de lagere school kwamen. Toch bleef Jos hopen. Want van andere jongens had hij gehoord dat er bijna geen les op de ambachtsschool werd gegeven omdat er geen mogelijkheid was om goede vakmensen op te leiden in deze oorlogstijd. Jos hield zich koest.

Maar het baatte hem niet. Op en dag kwam vader thuis van zijn werk en zei tegen moeder: „Onze Jos kan maandag aan de slag bij Weyers als krullenjongen. Piet Weyers is een vakman, een eerste klas timmerman. Onze zoon kan bij hem een goed vak leren."

Jos zat in zak en as. Hij protesteerde niet. Dat zou immers niets helpen. Vader had gesproken en daarmee was alles gezegd.

Timmerman zou hij worden! Over doorleren werd niet eens gesproken. Het enige wat moeder zei, was: „Je hebt het gehoord, jongen! Maandagmorgen vroeg uit de veren en aan het werk. Goed voor je!"

Zo werd het vrijdag. Komende maandag moest hij naar Weyers. Maar Jos was dat niet van plan. Die vrijdag-middag liep hij dwars door de stad naar de weg waar-aan de ambachtsschool was gelegen. Toen hij daar aan-kwam, bleef hij aarzelend voor het hoge hekwerk staan. Daar stonden twee grote gebouwen met daar tussenin een breed plcin. Achteraan stond een groot huis. Daar woonde zeker de baas van de school, de directeur. Er liepen jongens in en uit, sommigen van hen met een overall aan.

Er was ook een meneer met een boel papieren onder zijn arm die het plein overstak. Hij keek naar Jos en hield de pas in. Hij bleef staan en kwam een paar passen naar Jos toe.

„Hè, joh! Zoek je iemand?" vroeg hij met luide stem.

Jos wilde weglopen, maar hij aarzelde. Daar was hij niet voor gekomen. „Bent u… zoveel als de baas van de school?" vroeg hij.

„Nee!" De man schoot in de lach. „Ik ben de conciërge van deze school. Weet je wat dat is?"

„Nee," gaf Jos toe. „Ik weet niks. Ik zit hier niet op school."

„Oh?" De man kwam dichterbij en keek Jos onderzoekend aan. „Wat zoek je hier dan, jongen? Wacht je soms op iemand?"

Jos schudde zijn hoofd. Hij moest wat zeggen, nu hij de kans had. Hij opende zijn mond en kwam niet verder dan: „Ik ben van school af."

En toen de conciërge hem afwachtend bleef aankijken: „Maandag ga ik werken. Bij een timmerman. Daar heeft vader voor gezorgd."

„En dat vind jij wel goed zo?"

„Nee, ik… ik wil leren… iets van techniek of zo."

De man knikte zonder iets te zeggen. Hij maakte een beweging met zijn hoofd en leidde Jos naar het openstaande hek. „Kom er maar in!"

Jos werd er koud van, hij voelde kriebels achter in zijn nekvel. Hij schudde het hoofd en maakte aanstalten om door te lopen. Meteen had de man hem bij de mouw.

„Nu niet weglopen, knaap. Even flink zijn. Jij wilt iets leren en dat kan hier gebeuren. Je kunt er in elk geval met een meneer over praten,"

„Een meneer?"

„De belangrijkste man van de school. Maar een goed man. Kom op!" Als verdoofd liep Jos achter de conciërge aan, het schoolgebouw in. Een mengelmoes van geluiden viel over hem heen. Hij wist niet waar hij moest kijken. Hij zag deuren met glas erin en daarachter zag hij vuur vonken van aambeelden waaraan jongens in overalls stonden te werken als evenzovele ijverige duiveltjes uit de hel. Aan een hele rij smidsvuren stonden ze daar achter elkaar en Jos keek zijn ogen uit. Hij kwam terug tot de realiteit doordat de conciërge hem aan zijn mouw trok. „Er wordt op je gewacht, knaap," zei hij.

Er stond een deur open en op de dorpel stond een meneer. Een al wat oudere man met een grijze snor en vriendelijke ogen achter brillenglazen. Hij wenkte: „Kom eens hier, jij."

Jos ging naar hem toe en de man pakte hem bij zijn arm en trok hem de kamer in. Het was het kantoor van de schooldirecteur.

„Zo, en nu vertel mij maar eens wat je komt doen. De conciërge zegt zojuist tegen mij dat je graag een vak zou leren. Is dat zo?"

„Ja, meneer," antwoordde Jos timide.

„En nu kom jij je aanmelden?"

„Eh… nee, meneer! Want ik heb al werk, ziet u. Daar heeft mijn vader voor gezorgd. Want doorleren kan niet… Dus nu ga ik werken."

„O zo! Maar je komt nog wel even neuzen hoe het er hier aan toegaat, is het niet? Als je gaat werken, kun je ook een vak leren, natuurlijk. Maar als je eerst een opleiding zou volgen, kun je het veel verder schoppen. Wil jij dat niet? Of vind jij het wel goed zoals je vader het heeft geregeld?"

„Nee!!" Het kwam er kort en hard uit en Jos schrok er zelf van. „Ik bedoel, ik wil wel leren, maar dat kan niet. Mijn broers werken bijna allemaal en mijn oudere zussen ook. Enne... leren kost geld... enne... het geld groeit bij mijn ouders niet op hun rug..."

„Kletskoek!" De vlakke hand van de directeur kwam met een klap op zijn bureau neer. „Als jij een vak wilt leren, dan zul jij een vak leren! Zeg dat maar tegen je vader en moeder!"

„Ja, meneer. Maar..."

„Niks te maren. Hoe heet jij?"

„Jos de Vet meneer."

„Luister, Jos. Als jij wilt leren, dan zul jij leren. Er lopen hier genoeg slampampers rond die van hun ouders moeten, maar er zelf geen zin in hebben. Overigens, weet jij wat je wilt leren? Enig idee?"

„Nee... misschien iets met machines, met auto's. Ja, automonteur, dat zou ik wel willen leren."

„Fout!" De directeur wreef spijtig in zijn handen. „We zitten midden in een oorlog, mijn jongen. Er zijn geen auto's te monteren. Maar iets anders, met machines, bankwerker bijvoorbeeld. Machinebankwerker! Dat is misschien wel iets voor jou?"

„Ja, dat wil ik wel."

„Weet je dat zeker? Spreek het eens uit; Machinebankwerker. Dat is een hele mondvol, nietwaar, kerel? Zeg het!"

Jos deed het en de directeur knikte. „Goed. Jij gaat nu naar huis en ik geef je een brief mee voor je ouders. Ze kunnen dan zelf lezen dat ik jou ingeschreven heb als leerling en dat jij over een week, op maandagmorgen hier op de drempel moet staan om aan de slag te gaan. Duidelijk?"

„Mijn vader wil…"

„Wat elke vader voor zijn jonge zoon wil, te weten: het beste. Maak je geen zorgen. Het komt allemaal dik voor elkaar!"

Even later keek de directeur Jos na toen die op een draf de poort uitliep. „Ik mag hangen als ik mijn zin niet krijg!" mompelde hij. „Die jongen hoort niet in een fabriek. Nog niet, in elk geval!"

Zo kwam het dat Jos even later met een gesloten enveloppe onder zijn hemd, en met zijn hoofd in de wolken naar huis rende om het grote nieuws te vertellen!

Hij stormde achterom door het poortje, over de plaats, door de keuken en zo, als een bom, barstte hij de kamer binnen. Daar zat moeder.

„Ik ga niet naar de fabriek!" jubelde Jos. „Ik ga naar de ambachtsschool! Joepie!"

„Doe niet zo dwaas!" schrok moeder. „Wie heeft jou die onzin wijsgemaakt? De kabouters misschien?"

„Nee! De directeur van de ambachtsschool zelf!" jubelde Jos. Hij zag het verbouwereerde gezicht van zijn moeder, greep haar handen, trok haar overeind en wilde warempel met haar aan het dansen.

„Zeg! Ben je betoeterd, malle jongen!" Moeder rukte zich los. „Wat heeft die flauwe kul te betekenen?"

„Geen flauwekul, echt waar! Alstublieft, mam! Een brief van de directeur zelf dat ik mag komen."

„Als je me nu beduvelt, weet ik niet wat ik met je zal doen!" Bijna eerbiedig opende ze de enveloppe en las de paar regels die de directeur geschreven had.

„Heremijntijd!" Ze liet haar handen met daarin de brief op haar schoot zakken. Ze keek Jos aan. „Je liegt niet. Het is waar!"

„Natuurlijk is het waar!" jubelde Jos. „Ik hoef niet naar Piet Weyers, ik word geen timmerman! Ik! Ik word machinebankwerker en later word ik ingenieur! Haha!"

„Ho! Ho, even kampjes aan, ja! Jij doet even helemaal niets. Misschien is het wel een flauwe grap van je! Weet ik veel. In elk geval wacht jij met juichen tot je vader dit heeft gezien."

Oh jee, dacht Jos, als dat maar goed gaat. Vader kon zo dwars zijn. En hij had immers al voor werk gezorgd, bij Weyers.

„Moeder, heus, het is geen grap. Luister, zo is het gegaan." En vanaf het moment dat hij daar bij die school aan het hek stond, vertelde hij de hele, inderdaad ongelooflijke, geschiedenis. Moeder luisterde. Gaandeweg kwam er begrip in haar ogen en toen hij klaar was, slaakte zij een zucht.

„Jongen toch! Dat jij dat hebt gedurfd."

„Geen kwestie van durven, ik moest wel! Tralala!"

„Gossie, en wat nu? Wat zal jouw vader hiervan zeggen?"

„Hij zal het toch wel goedvinden?"

„Dat zal ervan afhangen hoe zijn hoedje staat," grapte moeder, Maar haar gezicht stond niet vrolijk.

Haar bezorgdheid was niet zonder reden. Vader was een moeilijke, stugge man in de omgang. Maar hij was niet blind voor de realiteit en hij kon best waardering opbrengen voor een ijverige knaap die zijn handen wist te gebruiken of die handig was in de handel.

Moeder zweeg over de kwestie tot na het eten, toen de grotere kinderen weer weg waren. Vader zat de krant te lezen toen moeder bij hem kwam zitten met Jos naast zich.

„Vader… luister je even? Jos moet je wat zeggen."

„Oh? Wat heb je nu weer klaargemaakt, deugniet."

„Niet zo, vader!" zei moeder. „Hij heeft niets misdaan. Tenminste, ik vind…"

Vader legde de krant neer en keek naar Jos. Jos die zich op dat moment geen houding wist te geven en daarom maar een brutaal gezicht opzette. De ogen van vader werden kleiner, hij kneep ze tot spleetjes.

„Zeg het eens, jongen? Wat is er aan de hand?"

„Ik… ik kan naar de ambachtsschool." Het klonk als een fluistering. Vader boog zich naar hem toe en eiste nu, met harde stem: „Wat zeg je?"

„Dat ik naar de ambachtsschool kan… als ik mag."

Vader keek hem even verbluft aan en schudde het hoofd. „Je praat onzin jongen. Je gaat naar Weyers en nergens anders heen."

Jos beet op zijn onderlip, hij keek smekend naar moeder en zij kreeg met hem te doen.

„Hij is al aangenomen, vader," zei ze zacht. „Hij is er zelf op afgegaan en de directeur zei dat hij maandag al kan komen."

Het was alsof er een ijzige kou de kamer binnenkwam. Twee paar bange ogen keken naar het snel rood wordende hoofd van vader. Toen kwam de stem van vader, kalm, alsof hij zijn boosheid probeerde te bedwingen. „Wat heb jij gedaan, bengel?"

„Ik… ik heb mij opgegeven op de ambachtsschool. Bij de directeur nog wel… Wat een vriendelijke man! Ik kan machinebankwerker worden."

„Hier vader," onderbrak moeder vlug, „De brief van de directeur."

„Als je mij nu toch belazerd. Zo zout heb ik het nog nooit gevreten!" De brandende ogen leken Jos te verzengen. Maar hij sloeg zijn ogen niet neer. „Ik wil niet naar Weyers, vader. Ik wil een vak leren!"

Vader las de brief, keerde hem om en om.

„Nou, het is me wat moois! Hoe moet ik dat nu weer goed praten met Weyers. Die rekent maandag op zijn knechtje…" Stilte, vader wapperde wat met de brief in zijn hand, hij keek Jos aan. „Weet je zeker dat je dat wilt, jongen?'"

„Ja, vader, heel zeker!"

„Vóór ik ja of nee zeg, vertel me hoe je hiertoe bent gekomen en wat daar op de ambachtsschool is gebeurd. En niet fantaseren, de feiten!" Dat deed Jos en gaandeweg sprak hij vlotter en meer open over het gebeurde. Toen hij eindelijk zweeg, bleef het een poos stil. Vader zat met gesloten ogen, een wijsvinger tegen het voorhoofd. Toen keek hij Jos aan en een vage lach brak de strengheid van zijn gezicht.

„Jij hebt je lot in eigen hand genomen. Dat is goed. Maar, je begrijpt zeker wel dat ik van je ga verlangen dat jij daar op die school stinkend je best gaat doen. Afgesproken?"

„Afgesproken, vader," zei Jos en legde zijn smalle jongenshand in die van zijn vader.

HOOFDSTUK 4

Met vallen en opstaan

Wat Jos van zijn intrede op de ambachtsschool ook had verwacht, het klopte in elk geval op geen stukken na met de werkelijkheid. Zo had hij gedacht dat hij meteen aan een bankschroef zou worden gezet om te vijlen en te zagen, of misschien wel in de smederij die hij bij zijn eerste bezoek in een flits had gezien. Maar het pakte anders uit. Toen hij die eerste morgen met zijn keurig opgerolde, nagelnieuwe overall onder de arm bij de conciërge aanklopte, groette die hem met een nors gezicht.

Hij beantwoordde het keurige: „Goedemorgen, meneer!" met een nauwelijks verstaanbaar: „De naam is Donders. Niet vergeten. Kan van pas komen. Die overall blijft hier. Die heb je vandaag nog niet nodig. Kom maar met mij mee!"

Ze liepen door een lange gang vol rumoer naar een brede, hardstenen trap. Ze gingen naar boven en daar was het opmerkelijk stil.

„Niet klossen met die poten van je! Hier wordt geleerd!"

Een lange gang met aan één kant klaslokalen. Door de ramen aan de andere kant keek je zo op de binnenstad. Jos bleef een moment staan om te kijken, maar de conciërge joeg hem op.

„Voortmaken, er wordt op je gewacht."

Ze stopten bij een deur, achter die deur klonk het monotome gebrom van een aantal stemmen. Nu pakte conciërge Donders Jos bij zijn arm en hij kneep er ongenadig hard in.

„Ik heb op mijn duvel gekregen, dank zij jou, knaap!"

„Auw… Waarom? Ik heb toch niets gedaan wat niet mocht?"

„Nee, jij niet. Maar ik, door jouw schuld! Ik heb mijn goede hart laten spreken door je binnen te halen. De directeur was woedend op mij. Ik moest bij hem komen toen jij weg was. Dat ik dat nooit meer mocht doen, van je zus en je zo! Ze zijn allemaal gelijk, geen onderscheid. Bah!" Donders deed alsof hij op de grond spuwde. „Wie heeft jou aangenomen, hij of ik? Jij mocht van mij je woordje bij hem doen, nou wat zou dat? Het scheen hem goed te bevallen, anders had je nu nog aan het hek gestaan."

„Ik hoef toch niet weg?"

„Nee, maar je moet wel stinkend goed je best doen. Dat heeft de directeur wel gezegd. Anders vlieg je er alsnog uit. Kandidaten zat! Zo, ga nu maar naar binnen en zeg netjes tegen de leraar wie je bent en dat ik je heb gestuurd. De rest wijst zichzelf."

„Dank u wel!"

„Bedanken, mij? Waarvoor? Ik doe alleen mijn werk, jongen. Ga nu!"

Jos klopte op de deur, het geroezemoes werd een ogenblik minder, maar zwol toen weer aan. Een harde stem riep: „Binnen!"

Jos opende de deur en deed die achter zijn rug weer keurig dicht. Hij bleef bedremmeld staan en keek naar de man die voor de klas stond. Een grote man met een groot hoofd vol grijzend kroeshaar. Hij wenkte Jos met de wijsvinger. Terwijl hij naar de leraar liep, zeiden de jongens van alles tegen hem, maar hij verstond er geen bliksem van. Hij gaf de leraar een hand en die kneep er eens flink in.

„Stilte!" De herrie nam een beetje af. De leraar nam een liniaal van een meter lang, zette die op het bord en liet hem vervolgens met een knal neerkomen. „Bekken dicht! Ongeregelde bende!"

Het tumult stierf weg. Een koppel dat nog even doorkletste, kreeg een kschoolborstel naar de kop.

„Luisteren! Wij hebben een nieuwe kracht in ons midden. Hoe heet jij, jongen?"

„Jos de Vet, meneer." Hij fluisterde het bijna.

„Hebben jullie het gehoord? Jos de Vet is de naam. Niet De Vette Jos of andere ongein. Geen bijnamen. Die worden in deze rottige tijd al genoeg bedacht. Stom, maar wat doe je ertegen. Het is oorlog, Jos de Vet, en dat is te merken tot hier in de klas."

„Ja, meneer."

„Tja, en wat nu? Wij zijn al enkele weken aan de gang, Jos de Vet. Jij komt een beetje als mosterd na de maaltijd, in een klas die eigenlijk al veel te groot is. Maar goed, daar zullen wij mee moeten leven. Maar wat moet ik nu met jou?" Hij keek Jos vragend aan, die haalde zijn schouders op. Er werd gelachen. „Stilte! Weet je wat het is Jos de Vet. Je kunt alles leren, als je maar weet wat. Weet jij wat meetkunde is? Nee, dat is niet een kunstje om iets op te meten met een liniaal. Dat heeft met vierkanten te maken en met driehoeken en noem maar op. Moeilijk, maar het valt te leren. Deze klas krijgt van mij meetkunde. En algebra. Dat is zoiets als rekenen met letters, maar dan moeilijker. Je hoort het, ze maken het hier allemaal moeilijker dan het is. Maar nogmaals, alles kun je leren. Overigens, mijn naam is De Meyer."

De leraar zweeg en keek de klas rond. Hij wees. „Daar is nog een plaats vrij, naast Toon van Veldhoven. Toon is een vlot verteller. Dat doet hij altijd onder de les. Daarmee geeft hij aan dat hij alles al weet en kent. Nietwaar, Toon?"

„Nee, meneer," antwoordde de jongen vlot. Hij was lang, mager en hij had peenhaar.

„Zie je, Jos. Je vriend geeft me gelijk. Want Toon is de komende weken jouw steun en toeverlaat. Je kunt alles aan hem vragen wat jij niet weet. En wat jullie geen van beiden weten, gaan jullie samen opzoeken. Toon, opschuiven, kerel! Je krijgt visite."

Jos ging zitten en Toon gaf hem een knipoog. Jos glimlachte wrang. Hij voelde zich helemaal niet op zijn gemak. Een gemoedstoestand die hij maar al te goed kende van zichzelf. Situaties of mensen die hij voor het eerst leerde kennen, roepen bij hem een hoge mate van onzekerheid op. Dan kreeg hij de neiging om hard weg te lopen zonder om te kijken. Wat in werkelijkheid natuurlijk niet kon, zoals in deze situatie.

Toon bleek een aardige knul. Hij kletste maar een eind weg, zweeg even als de leraar hem daar dringend om verzocht en ging dat doodgemoedereerd verder met zijn geratel. En al die tijd lag er een grijns op zijn gezicht, waarmee hij wilde zeggen: „Ik vertel je wel wat, maar ik weet het zelf ook niet precies. Laten wij maatjes zijn, oké?"

En dat laatste was niet zo moeilijk. In de pauze nam hij Jos mee op sleeptouw door het hele schoolgebouw en hij toonde hem de klassen waar de timmerlieden zaten en de schilders, de metselaars en de metaalbewerkers. En die metaalbewerkers waren weer onderverdeeld in smeden, plaatwerkers, koperslagers, bankwerkers en machinebankwerkers.

Jos had nooit gedacht dat er zoveel vakken waren. En dan te bedenken dat er in de bouwwereld weer andere vaklieden waren, zoals metselaars en stukadoors en schilders.

Het duizelde Jos een beetje en dat zei hij ook ronduit:

„Ik kan er geen touw aan vastknopen!"

„Dan kunnen wij elkaar een hand geven," was het vlotte antwoord van Toon. „Maar het geeft niets, hoor. Je moet er even aan wennen, dat is alles. Over een paar dagen ben jij hier net zo goed thuis als ik. En als jij het niet alleen kunt, doen we het samen. Ja toch?"

En of Jos het prima vond. Hij gaf zich helemaal over aan de drukke, aardige Toon die hem in alles met raad en daad bijstond en die bovendien nog vlak bij Jos in de buurt bleek te wonen. In de dagen die volgden, trokken zijn, samen op en werden dikke vrienden. In de vroege morgen kwam Toon langs om Jos op te halen en na schooltijd bracht hij Toon weer naar huis.

De volgende stap was dat ze samen hun huiswerk gingen maken om de beurt bij elkaar in huis. En zo werden die twee dikke vrienden.

Al gauw bleek dat Jos zijn heldere verstand niet op de lagere school had achtergelaten. Hij kon heel goed meekomen met de rest van de klas.

En het mooiste vond hij toch wel de lesuren in de werkklassen, het bankwerken, het smeden, lassen, het plaatbankwerken.

Hij kreeg ook les in tekenen door een leraar die Dropje werd genoemd. Hij had altijd een doosje met droppastilles bij zich en daar rammelde hij mee.

Dropje was eigenlijk geen leraar. Hij was een artiest, hij maakte tekeningen en schilderwerken op bestelling. Maar omdat hij er geen droog brood mee kon verdienen, was hij maar les gaan geven in technisch tekenen en perspectief tekenen. En dat ging hem heel goed af.

Dropje was een allemans vriend. Anders dan de leraar plaatbankwerk die door iedereen de Etterbak werd genoemd. En met reden. Een stuurse, narrige man die een hekel had aan zijn vak én aan rumoerige jongens. Die zich daar niets van aantrokkcn.

„Had hij maar banketbakker moeten worden," zeiden ze tegen elkaar. Het lesgeven aan enkele honderden jongens die hongerden naar technische kennis, was een halsbrekende toer. De voortdurende bezetting door de Duitsers maakten alles bijna onuitvoerbaar. Studieboeken waren er niet of ze waren hopeloos verouderd. Jongens zoals Jos die een technisch vak hadden gekozen, moesten zich behelpen met gestencilde boeken op slecht papier en met goed bedoelde tekeningen van Dropje. Materiaal om de kennis te verrijken aangaande dieselmotoren ontbrak. Dus kregen ze les in stoomtechniek. Praktisch onderwijsmateriaal was evenmin voorhanden. Om de jongens in de bankwerkerij aan de gang te houden, leerden zij een onooglijk blok ijzer met de vijl te lijf gaan. Ze moesten leren zuiver vlak te vijlen, daarna zuiver haaks en evenwijdig, tot er ten slotte een soort van kubus overbleef en daar werd dan een cijfer voor gegeven. Er was één boormachine, één slijpsteen en één draaibankje uit het jaar nul.

In de plaatbankwerkerij was het nog erger. De Etterbak kreeg het voor elkaar een berg afgedankte emmers, potten en pannen bijeen te graaien. Daaruit mochten de leerlingen een voorwerp uitzoeken om daar hun goed bedoelde gestuntel op los te laten. Want, zo hield de Etterbak hun voor, jullie willen een vak leren en dat zullen we dan ook doen. Dus leerden zij uitdeuken, randen aanfelsen, een nieuwe bodem in een emmer zetten en meer van dat fraais.

Maar de waarheid moet gezegd worden, de jongens, vaak rabauwen van de straat zoals Jos, leerden op deze primitieve manier wel degelijk een vak. Als deugnieten van twaalf, dertien jaar met twee linkse handen kwamen ze binnen. Na een half jaar wisten ze hoe ze een hamer moesten vasthouden, hoe ze met een winkelhaak en een krasnaald een te bewerken stuk ijzer moesten aftekenen en ga zo maar door.

Jos de Vet moest die eerste weken wel door de zure appel heen bijten. Hij had het zich allemaal heel anders en veel geleerder voorgesteld. Vooral de praktijklessen leken hem vaak kinderspel. Maar dat werd weer goedgemaakt door de lessen bij meneer De Meyer van wiskunde en bij het technisch tekenen bij Dropje.

Jos de Vet bleek een studiehoofd. Daarnaast had hij een paar willige handen die deden wat hij ze opdroeg. En zo, na een half jaar, stond Jos in de klas bekend als één van de betere leerlingen, misschien wel de beste van allemaal.

Natuurlijk werd hij daarom een uitslover genoemd, een kontlikker en meer van dat fraais. Het deerde hem niet, hij was op school om te leren, niet om de stoere bink uit te hangen.

Want ja, eigenlijk hoorde dat er een beetje bij. Ruig doen, gore praat uitslaan en in de straat grofheden schreeuwen naar meisjes die het ongeluk hadden net te passeren. Jos deed daar niet aan mee. Niet omdat hij daar te fijngevoelig voor was of te netjes. Hij was een jongen met al het vlegelachtige in zich dat daarbij hoorde. Maar hij had gewoon een hekel aan platvloersheid. En wat zijn maten uit de klas naar de meisjes riepen en de suggestieve gebaren die ze daarbij maakten, die gingen Jos te ver. Het was grof zonder grappig te zijn, vond hij. Verder was de jongen zo gezond als een vis. En hij worstelde net als elke andere opgroeiende knul met de krachten die zijn jonge lijf en zijn levendige fantasie bestormden.

Hij vocht ermee en hij leefde ermee. Soms beschaamd, schuldbewust, dan weer fier en strijdbaar, als een echte jonge vent.

Het was in die gesteldheid dat hij weer in contact kwam met Nathan Slieger. Jos had een fiets in elkaar geknutseld van oude onderdelen. Er zaten geen banden om de velgen en het zadel was vervangen door een oude theemuts van moeder.

Met dat voertuig kletterde Jos door de straat en reed hij bijna Naatje van de sokken. De oude man kwam het poortje naast zijn huis uit. Het scheelde maar een haartje of ze waren in botsing gekomen.

Van de schrik ging Jos zelf tegen de vlakte, wat hem een paar afgeschaafde knieën opleverde.

„Hela! Jos de Vet!" schrok Nathan. „Wat doe je nu? Ga jij ongelukken maken? Heb jij je bezeerd? Laat mij eens naar je kijken."

„Mijn knieën en mijn handen een beetje. Verder niks." Hij keek de oude man aan en die glimlachte vriendelijk. „Stom hè, zonder banden. Je schuift er zo mee uit!"

„Wees maar voorzichtig. Je zou nog brokken maken." Toen pas keken ze elkaar onderzoekend aan.

„Je bent groter geworden," stelde Nathan vast. „Jij groeit tegen de verdrukking in. Je gaat naar de ambachtsschool, heb ik gehoord? Hoe bevalt je dat?"

„Heel goed," antwoordde Jos naar waarheid. „Maar hoe weet jij…? Ik heb je toch niet verteld dat ik daar heen ging. En wij hebben elkaar niet meer gesproken."

„Wel gezien!" Een wijze glimlach ging over het gezicht van de oude. „En ik hoor wel eens wat, zo hier en daar."

Een onbestemd gevoel bekroop Jos. „Jij… jij houdt mij in de gaten?"

„Nee hoor. Ik zou niet durven. Maar, nu ik je toch zie… heb je even tijd?"

„Ja hoor, ik hoef nergens heen."
„Kom eens mee."
Binnen in huis kwam Nathan meteen ter zake.
„Het zal niet lang meer duren en dan ben ik hier weg."
Jos maakte een afwerend gebaar, maar Nathan knikte
nadrukkelijk. „Ik moet weg, of ik wil of niet." Nu nam
hij iets uit zijn zak en gooide dat op de tafel. Het waren
twee sterren van vuilgele, katoenen stof. Er stond in
voor Jos haast onleesbare letters 'JUDE' op. „Dat is
Duits voor jood. Misschien weet je het al, de Duitsers
hebben iets tegen ons volk. Wij, de joden, zijn volgens
hen de minsten van de minderen en de schuld van alle
ellende in hun eigen land, Duitsland. Ellende die zij zelf
hebben gewild, maar daar gaat het niet om. Kort en
goed komt het hierop neer. Wij worden vervolgd.
Opgepakt en weggevoerd. Waarheen? Ik weet het niet.
Maar veel goeds zal het niet zijn, dat weet ik wel. Ik ben
nu verplicht zo'n ster op mijn kleren te dragen. Tot spot
en hoon van iedereen. Zul jij mij ook bespotten, Jos?
Nee, dat zul jij niet doen. En ik? Zal ik mij schamen
voor die ster. Nee! Ik zal ze dragen met trots. Fier op
mijn jood-zijn!" De oude sloeg zich op zijn borst.
„Stigmatiseren willen zij ons. En de stommelingen
snappen niet dat zij ons onderscheiden! Alleen…"
Nathan brak af, keek Jos met peilende ogen aan.
„Alleen ben ik bang dat ze mij zullen wegvoeren, ver
over de grens. Daar zijn kampen, concentratiekampen,
waar zij mensen zoals wij heen sturen. En daar ben ik
bang voor, voor dat onbestemde. Zij zijn tot alles in
staat…"
„Dan moet je onderduiken. Een jongen bij ons in de
buurt is ook ondergedoken en hij is gewoon thuis. Hij
moest in Duitsland gaan werken en dat wil hij niet. Hij
is thuisgebleven. Ze hebben hem gezocht en ze hebben

hem niet gevonden. Hij zat in de kelder, achter de aard-
appelen en de steenkool die daar liggen."
Nathan richtte zich op in zijn volle lengte. „Ik kruip niet
weg als een geslagen hond. Nooit! Ik zal mij vertonen
zoals ik altijd heb gedaan, tot nu toe. En toch zullen ze
mij niet pakken!"
„Maar hoe wil je dat dan doen, Nathan?"
„Weet jij waar de Duitsers niets van moeten hebben.
Van achterlijken, van idioten. Mensen die niet goed bij
hun verstand zijn."
Jos snapte het niet. „Ja? En?"
„Wat je ziet, is soms niet zoals het is. Denk daar over
na. Goed?"
„Ik zal doen wat jij mij zegt."
„Kom dan nog eens naar mijn duifjes kijken als je tijd
hebt. En vergeet niet wat ik je heb gezegd. Misschien
heb ik je nog eens nodig."
Jos ging. En al na enkele dagen kwam hij erachter wat
Nathan met zijn hoogdravende woorden bedoeld had.
Hij kwam hem tegen toen hij naar huis liep van een
boodschap die hij voor moeder moest doen. Hij zag
Nathan en toch herkende hij hem pas toen ze elkaar
dicht genaderd waren. Nathan had zijn hoofd kaalgeschoren. Zomaar, ruwweg, niet netjes glad zoals een
kapper het zou doen. Hij had ook een onverzorgde
stoppelbaard en hij droeg een lange, leren jas tot bijna
op de grond. Hij liep vlug alsof hij haast had, maar toen
hij Jos zag, hield hij even de pas in, hij kwam naar hem
toe en zei toen, in het voorbijgaan: „Ik ben niet die jij
denkt dat je ziet."
„Wacht!" Jos hield hem tegen. „Wat zie je eruit! Ik her-
ken je bijna niet."
„Misschien is dat ook wel de bedoeling. Die gekke oorlog is mij naar het hoofd gestegen. Ik ben niet Nathan

Slieger, of eigenlijk ben ik dat wel, maar niet de Nathan die jij kent. Die de mensen kennen. Noem mij Naatje, zoals de kwajongens doen. Zot Naatje is nog beter. Zie je…" Hij tikte op de gele ster op zijn jas. „Ik ben een gekke jood en daar moeten de Duitsers niets van hebben. Ze weten niet wat ze met zwakzinnige joden aanmoeten. Begrijp je? Voor hen bestaan die niet. Gekke mensen kun je niets kwalijk nemen van wat zij doen. Zoiets."

„Waarom niet?"

„Wie het weet, mag het zeggen. In elk geval is het zo. Als ik soldaten tegenkom, gaan ze voor mij opzij en in het voorbijgaan geven ze me een schop. Maar aanraken doen ze mij niet. Ik ben besmet!"

„En jij denkt dat je het daarmee zult redden."

„Daar ben ik van overtuigd."

„Je maakt mensen die niet goed bij hun verstand zijn belachelijk!" vond Jos. „Na-aperij, dat is het en het is niet goed."

„Kan zijn, maar het doel heiligt de middelen. Dag Jos, tot ziens!" Nathan liep weg op een vreemd sukkeldrafje. Jos schaamde zich voor hem. Waarom, dat wist hij zelf niet zo goed.

Eigenlijk wilde hij helemaal niets meer met Nathan te maken hebben. Vader had hem gewaarschuwd met scherpe bewoordingen.

„Die Nathan is een gevaar voor andere mensen. Nu hangt hij de pias uit, tot de Duitsers er genoeg van krijgen. Of iemand die hem niet kan uitstaan, gaat hem verraden. Er wonen hier in de buurt NSB-'ers. Zij zullen er zot Naatje bij lappen, neem dat maar van mij aan."

„Kan best. Ik ga niet meer naar hem toe, vader."

„Zo wil ik het horen. Nu ben ik je man. Bemoei je met

je eigen zaken en laat de boeren maar dorsen. Dat is mijn motto."

Wonderlijk genoeg werd Nathan niet lastiggevallen door de Duitsers. Ze lieten de oude man wel oppakken door de politie en die ondervroegen hem. Wat er tijdens die ondervraging besproken werd, kwam nooit naar buiten, maar het was een feit dat Nathan weer vrijkwam met een verklaring dat zijn verstandelijk vermogen onderontwikkeld was. Wat zoveel wilde zeggen dat Nathan gelijk had als hij beweerde dat hij ze niet alle vijf op een rijtje had. En de Duitsers lieten hem met rust.

Jos de Vet rolde door het eerste schooljaar heen alsof het niets was. Dat had er niet mee te maken dat hij een knappe studiebol was. Het lesmateriaal was gewoon eenvoudig en met de theorievakken had hij geen moeite. Hij ging over naar de tweede klas en die zou hij net zo makkelijk nemen als de eerste. De derde en laatste klas kwamen eraan. Toen, opeens was het afgelopen. Op een morgen kwamen de jongens aan een gesloten poort. De school was voor onbepaalde tijd gesloten. De Duitsers hadden het gebouw ingepikt en zij bivakkeerden er nu.

Er gingen geruchten als zou de directeur van de school opgepakt zijn. Het had iets met het verzet te maken. En de Etterbak liep opeens in een NSB-uniform rond. Mensen combineerden het een met het ander. De Etterbak had de directeur erbij gelapt!

Hoe dat zat, wist eigenlijk geen mens, het blote feit was alleen dat Jos thuis kwam te zitten. Hij ging wel bijna elke dag met Toon van Veldhoven kijken bij de school... maar de hekken bleven dicht.

Vader was er natuurlijk weer als de kippen bij om hem op een baantje uit te sturen. Jos wist het zo te verkopen dat er nergens werk te vinden was. Misschien bij een boer in de omtrek? Nou, dacht Jos, als dat zou kunnen. Lekker werken in de buitenlucht, dat was nog niet zo kwaad.

Jantje Speet, de melkboer kwam met een oplossing. Hij wist wel een boer die een extra kracht kon gebruiken. En zo kwam Jos bij Nol Spoor terecht, een boer met een groot gezin. Zeven kinderen hadden ze daar en de oudste dochter Nellie was pas veertien jaar.

Nellie was, zoals mensen dat zeiden, een voorlijk kind. Ze had altijd voorop gestaan als er iets te zien of te horen was. Ze had gezien hoe haar pa een konijn, door een klap van een knuppel achter de oren, doodsloeg. Ze wist hoe de biggetjes en de kalfjes werden geboren en hoe ze werden gemaakt. Ze wist alles van de hanen en de kippen. Zij liet zich voorstaan op die kennis. De sufferds die daar nog niets van wisten, konden bij haar geen goed doen.

Jos de Vet kon geen genade vinden in haar ogen. Zij vond hem een onhandige pummel, eerder een sta in de weg dan een hulp. En ze stelde hem op de proef. Al op de eerste dag dat Jos daar op het erf kwam, gaf ze hem een emmer en een krukje en gebood hem een koe te melken. „Dat kan ik niet," zei Jos. „Dat heb ik nog nooit gedaan."

„Oh, nee? Heb jij dat nog nooit gedaan?" schamperde ze. Ze ging zitten met de emmer tussen de knieën, spuwde in haar hand en pakte een speen van de uier en trok er aan, met korte zekere rukjes. Kleine straaltjes melk spoten in de emmer. „Kijk, zo doe je dat? Heb je het nu door, of ben jij echt zo onnozel?"

Het besef wat zij bedoelde schoot als een flits door hem heen en hij kreeg een kop als vuur. Hij keek haar aan met schuwe ogen, draaide zich om en liep weg.

Later op de middag kwam ze hem opzoeken toen hij achter het kippenhok wat rommel aan het opruimen was. Ze was nu heel aardig tegen hem, de hardheid was uit haar ogen verdwenen.

„Volgens mij ben jij niet echt een sufferd," zei Nellie zacht. „Eerlijk gezegd vind ik jou wel aardig." Ze ging pal voor hem staan met haar ogen dicht. „Nu moet je mij kussen. Dat hoort zo. Wij zijn vrijers!"

Weer stond het hoofd van Jos in vuur en vlam. Maar hij kuste haar. Het ging er gedeeltelijk naast, maar het was toch een kus.

„Maar wij zijn geen vrijers," wist hij nog te zeggen.

„Nee, echt vrijen doen wij niet," zei Nellie. „Zullen wij zondag samen naar de bossen gaan?"

Jos was te verbaasd om 'nee' te zeggen. „Goed," zei hij.

„Gewoon om te wandelen, hoor!" zei ze. „Natuurlijk" zei Jos.

Hij had niet verwacht dat ze zou komen, die zondagnamiddag. Ze was er wel, maar ze was niet alleen. Er was nog een meisje bij haar, met een jongen. Een lange slungel met sproeten.

„Dit is Toos en dat is Huib," stelde Nellie nonchalant voor. „Zij gaan met ons mee. Dat vind je toch wel goed?"

„Laat maar meegaan, ze zijn er nu toch. Het maakt mij niets uit."

Ze gingen. De meisjes stijf gearmd voorop, druk kakelend en schaterend en de jongens erachter. Jos vond het knap vervelend, vooral omdat die Huib zijn mond niet opendeed. Hij slofte maar wat met die lange benen van hem, schopte tegen een propje papier en tegen een steentje en liet een geniepige wind waarom hij zelf breed moest grijnzen.

Ze lieten de stad achter zich en kwamen bij een bos-
gebied dat Jos heel goed kende. Hij was er vaak met
zijn vriendjes geweest om te spelen. Nellie wist daar
goed de weg, zo bleek, want zij ging meteen een smal
bospad in, tussen hoge sparrenbomen. Het was meteen
alsof ze midden in de wildernis stonden.

Nu wachtten de meisjes op de jongens. Toos greep
Huib bij de hand en trok hem mee. Nellie gaf Jos een
hand.

„Zo, zijn we eindelijk alleen," zei ze samenzweerderig.

„Waarom heb je ze eigenlijk meegenomen?"

„Dat moest ik. Ze zou het anders verraden, zei ze."

„Leuke vriendin," zei Jos. Hij vond de hele vertoning
nogal belachelijk. Had het zich allemaal heel anders
voorgesteld.

Ze liepen een eindje, tot Nellie bleef staan en zei: „Hier
gaan we zitten." Hij had het op het puntje van zijn tong
om te zeggen: „Maak jij dat uit?" Maar hij zweeg en ging
wat ongemakkelijk naast haar in het hoge gras zitten.
Nellie kroop meteen dicht tegen hem aan.

„Je moet me vasthouden, suffie!" fluisterde ze samenzweerderig. Jos deed het, trok haar tegen zich aan.

„Waar zijn die twee nu?" vroeg hij.

„Wat kan het je schelen?" giechelde ze, en na even zwijgen: „Je mag mij best kussen, hoor!"

Hij deed het, op haar wangen en ook op haar mond.
Maar ze deed meteen haar lippen van elkaar en speelde met haar tong. Hij liet haar los en zij liet zich achterover in het gras vallen.

„Flauwerik!" smaalde ze plaagziek. „Heb jij nog nooit
een meisje gezoend?"

„Natuurlijk wel."

„Ik geloof er niets van. Kom, niemand ziet ons. Kom bij
me liggen."

Jos deed het en meteen was ze dicht tegen hem aan. Ze friemelde aan zijn jasje, over zijn buik en ten slotte kwam ze daar, waar het nood deed. Jos hijgde, hij verstarde. Nee, dit wilde hij toch niet? Of wel?

„Kom," drong ze aan en ze leidde zijn hand…

Het leek een eeuwigheid te duren, een tijdloos moment vol opgekropt gevoel en gêne tegelijk. Het was eigenlijk niet willen en toch doen, zoiets en de ervaring was ronduit teleurstellend.

Jos ging nogal abrupt rechtop zitten en hij schrok zich een ongeluk. Er stonden twee mannen vóór hen, twee mannen in uniform. Een gewone agent en een WA-man.

„Gaan jullie lekker?" vroeg de agent gemoedelijk. „Weten jullie wel dat jullie in overtreding zijn?"

„Oh mij!" schrok Nellie en trok haar rok over haar knieën. Ze pruilde: „Wij deden toch niets?"

„Na nu, nichts! So etwas!" zei de WA-man. „Aufstehen!"

„Doe maar wat hij zegt. Hij bijt niet," zei de agent. „Stom hoor, om hier te gaan liggen. Dat is verboden! Dat weten jullie toch wel."

„Namen!" gebood de ander. „Papieren, Ausweis. Schnell!"

„Laat maar zien wat je in je zakken hebt, dan is hij tevreden," zei de agent gemoedelijk. „Hij is zo kwaad niet."

Jos haalde het tevoorschijn, een zakdoek, een eindje touw, een verdwaald dropje… en toen aarzelde hij. Hij werd bang. Hij had het zakmes van Naatje de duivenman bij zich.

„Na! Schnell!" drong de WA-man aan.

Jos gaf hem het mes.

„Aha!" De Duitser hield het triomfantelijk omhoog."

„Wat heb je daar?" vroeg de politieman. Hij keek. Toen naar Jos. „Wat doe je met dat ding?"

„Dat mes heb ik gekregen. Lang geleden."

„Stom om met zo'n ding rond te lopen, Jos de Vet. We nemen het in beslag. Je kunt het morgen op het hoofdbureau in de stad terug komen halen. En ga nu als de bliksem naar huis, voor mijn maat iets anders bedenkt. Ga!"

Die maat keek stuurs en Jos moest zijn naam opgeven. Toen mochten ze gaan.

En ze gingen, als hazen. Zwijgend liepen ze naast elkaar naar huis. Aan Toos en Huib dachten ze niet eens. Daar hadden zij nu geen boodschap aan. Opgejaagd, angstig, beschaamd om wat gebeurd was. Om het feit dat ze betrapt waren. En Jos schaamde zich vooral om wat gebeurd was. Of eigenlijk was er niet zoveel gebeurd om zich over te schamen, maar veel scheelde het niet. Ze gingen zwijgend uit elkaar, zonder een nieuwe afspraak. De prille liefde was tot op de grond toe afgebrand.

Jos zat in de puree. Hij moest naar het politiebureau om zijn zakmes op te halen en daar was hij niet gerust op.

Jos dacht erover om met zijn vader te praten, maar dat durfde hij niet. Want dan kwam alles uit, dat hij met een meisje naar de bossen was geweest en zo meer! Nee, dit akkefietje moest hij zelf oplossen. En ach, misschien viel het wel mee...

Hij vertrok met lood in zijn schoenen. Tegen een agent die daar zat vertelde hij waarvoor hij kwam. En hij noemde zijn naam.

„Oh, ben jij dat?" zei de agent veelbetekenend. Hij ging weg en kwam even later terug met de politieman uit het bos.

„Zo vriend, ben je daar? Je bent gekomen en dat valt mij mee. De meesten houden het voor gezien. Kom eens mee."

Ze kwamen in een kleine kamer. Er stonden een paar stoelen en een tafel. Het was kaal en het rook er muf en zuur.

„Het zweetkamertje," legde de agent uit. „Hier sluiten we kwajongens op zoals jij." Hij lachte en Jos lachte een beetje zuur mee. Hij vond het niet komisch. De agent zag het. „Jij bent hiervoor gekomen?" Hij haalde het zakmes met de jodenster tevoorschijn. „Je ziet, ik heb het bij mij gehouden. Weet je waarom? Omdat ik niet wil dat je in de moeilijkheden verzeild raakt. Dit is joods, jongen! Als een Duitser zoiets onder ogen krijgt, gaat hij rare dingen van je denken. Je bent toch geen jood?"

„Nee, dat ben ik niet. Ik heb het mes gekregen van een joodse man."

„Tegen niemand verder vertellen."

Jos rende naar huis!

HOOFDSTUK 5

Inmiddels liep de oorlog op zijn eind. De Duitse soldaten waren vertrokken uit de ambachtsschool om te
gaan vechten in Rusland en in Frankrijk. Vooral de
gebeurtenissen in Frankrijk hielden de mensen bezig,
want dat was redelijk dichtbij. Duitsland ging de oorlog
verliezen, daar was iedereen van overtuigd. Maar hoelang zou het nog duren?
Jos kon weer naar school en daar was hij blij om. Het
werkeloos rondhangen beviel hem niet. De affaire met
Nellie Spoor had hem kopschuw gemaakt. Hij vond het
helemaal niet stoer wat hij had meegemaakt. Het maakte het verlangen naar nog meer niet groter bij hem.
Eerder minder. Hij schaamde zich erover.
Gelukkig waren er op school ook avondlessen bijgeko-
men om de opgelopen achterstand in te halen. Er kwamen andere leraren bij. Eigenlijk waren het geen leraren, maar ze beheersten hun vak en konden er goed
over vertellen. Het was niet zo vreemd dat deze tijdelij-
ke leerkrachten bij de leerlingen op de meeste aandacht konden rekenen. Zo was Jos de Vet heel goed in
technisch schetsen en hij schiep er genoegen in om bijvoorbeeld een motorblok van alle kanten uit te beel-
den. De leraar, die in het dagelijkse leven constructeur
was, moedigde hem aan, hielp hem daarbij.
„Er steekt een technisch ontwerper in jou," zei hij wel
eens. „In die richting moet je verder gaan leren. Ik zal
je de weg wel wijzen."
Jos was er niet weinig trots op dat hij zo goed stond
aangeschreven. Het had ook zijn nadelen. De klasgeno-
ten begonnen hem steeds meer als een meesters-

vriendje te beschouwen. Wat niet waar was, maar wat kon Jos eraan doen.

Ook thuis ging het niet zo voor de wind. Vader was er wel trots op dat hij zulke hoge cijfers haalde op school, maar zijn oudere broers en zussen mopperden dat het tijd werd dat Jos ook ging verdienen. Doordat de Duitsers in de school hadden gezeten, was de opleiding een jaar uitgelopen. Buiten de schuld van Jos, natuurlijk, maar het was een feit. Jos had Nathan Slieger ook een beetje in de steek gelaten. Tenminste, zo voelde hij het zelf. In werkelijkheid was het omgekeerde het geval. Nathan keerde zich de laatste tijd helemaal van de wereld af, zo leek het. Hij doolde door de straten met een kaalgeschoren hoofd en met zijn voddige, lange jas aan zijn lijf en hij scheen zich om niemand te bekommeren. Hij was een eenling temidden van de mensen. Hij deed geen kwaad, hij deed ook niet raar, maar toch was er iets vreemds aan hem. Het wonderlijkste van alles was wel dat hij met zijn voorspellende woorden aan Jos gelijk kreeg. De Duitsers lieten hem met rust.

De bevrijding kwam na enkele spannende dagen waarin het oorlogsgeweld zeer heftig was. Toen de Engelse soldaten uiteindelijk de stad binnentrokken, bracht dat vreugde en een grote opluchting. Nu kon alles weer gewoon worden, zeiden de mensen tegen elkaar.

Nathan Slieger vertoonde zich als een overwinnaar aan de mensen. Hij had zijn lange jas vol davidssterren genaaid en daar liep hij fier mee door de stad. Als een held, zo toonde hij zich. Maar ook hij keerde gauw terug naar de werkelijkheid en op een dag sprak hij Jos weer aan.

Hij had hem voor de deur opgewacht aan de overkant van de straat, toen Jos van de avondles thuiskwam.

„Dag, jonge vriend," zei hij vriendelijk. „Het is goed je te zien."

„Ik vind het ook leuk om jou weer te zien," reageerde Jos een tikje bevreemd. En hij vroeg: „Is er iets?'"

„Inderdaad, ik moet je iets vertellen. Ik vertrek uit deze straat, uit dit land! Ik ga naar Israël, het nieuwe beloofde land dat voor ons joodse mensen is gesticht. Ik ga daar mijn laatste levensdagen slijten. Op die manier keer ik terug naar mijn bron en kan ik in vrede mijn einde afwachten."

Het was een hele mond vol en Jos was er een beetje beduusd van. Hij zei, nogal gevoelloos: „En wanneer ga je dan, Nathan?"

„Het klinkt alsof je het wel van mij had verwacht," glimlachte de oude. „Sorry, zo bedoel ik het niet."

„Natuurlijk niet. Ik ken je toch." Er viel een stilte en toen zei Nathan: „Heb jij geen zin om met mij mee te gaan?"

„Wat? Ik… met jou? Hoe zou dat kunnen? Ik ben niet eens meerderjarig en mijn ouders laten mij vast niet gaan. Ik hoor mijn vader al tieren! Hij zou vragen of ik gek ben geworden! En gelijk zou hij hebben."

„Natuurlijk!" Een meegaande glimlach van Nathan. „Natuurlijk moet jij thuis bij je ouders blijven, aan je toekomst werken. Dat is goed. Overigens, gaat het goed met je? Op school?"

„Heel goed." Jos aarzelde. „Als ik oud genoeg was zou ik misschien wel met je meegaan, Nathan."

„Dat weet ik toch, jongen." Stilte. Dan: „Ik geef je geen hand. Dat is te veel een afscheid. Ik zeg je gedag, jonge vriend!"

„Dag, Nathan. Moet ik nog iets voor je doen?"

„Nee. Alles is al geregeld." De oude liep weg in de schemering, stak nog eenmaal zijn hand op. Toen was hij verdwenen.

Vreemde man, dacht Jos, terwijl hij naar binnen ging. Daar waren zijn vader en zijn moeder die onder het lamp bijen zaten. Vader las een krant, moeder was sokken aan het stoppen. Wat een suf plaatje dacht hij. Hij zei dat hij moe was en hij ging meteen naar bed. Daar, lang uitgestrekt onder de dekens, kwamen de gedachten. Naar Israël... dat was ver weg. Dat lag bij Egypte in de buurt, dat was het land waar Jezus van Nazaret had geleefd, honderden jaren geleden. Een joods land. Een warm land met mensen die uit alle delen van de wereld waren toegestroomd om er een nieuw vaderland van te maken. Veel joodse mensen die onder de Duitse onderdrukking hadden geleden, trokken er heen. Naar hun eigen land, hun eigen thuis.

Jos lag eraan te denken terwijl hij insliep en in zijn dromen gingen zijn gedachten verder. Het werd reizen, alleen, of met een heleboel andere mensen door dichte bossen, over uitgestrekte zandvlakten. Jos werd er moe van, hij begon ervan te zweten en midden in de nacht moest hij opeens het bed uit omdat hij het zo gloeiend warm had. Hij ging naar beneden en daar zat moeder, in haar nachtgoed, met een kopje thee voor zich.

„Moeder! Wat doe jij hier?"

„Jongen, Jos! Wat kom jij beneden doen?"

„Ik heb slecht geslapen," bekende Jos.

„En ik kon niet in slaap komen," lachte moeder. „Dat komt wel vaker voor. Dan heb ik te veel aan mijn hoofd en dan sta ik even op. Even helemaal alleen beneden zijn, alleen met mijn gedachten. Ik denk dat ik dat nodig heb, om tot rust te komen."

Jos reageerde niet, hij keek enkel naar zijn grijzende, wijze moeder, hij dronk zijn thee en daarna ging hij weer naar boven. Hij sliep.

Waar het vandaan kwam, wist hij niet, maar opeens

had hij overal genoeg van. Alles was te veel en te weinig. Hij kreeg een hekel aan school. En dat gevoel bleef ook toen hij de dagopleiding achter de rug had en alleen nog in de avonduren naar school moest. Na het werk in de machinefabriek van Giesen, een kennis van vader. Ja, ook voor dat baantje had vader gezorgd, zonder ook maar één keer aan Jos te vragen of die hij er wel zin in had. En Jos had er helemaal geen zin in. Het was een rotfabriek, vond hij. Er werkten zo'n vijftig man in een lange loods die vroeger bij een textielfabriek hoorde. Die fabriek had de loods afgestoten omdat het er wemelde van de ratten en ander ongedierte. Nu nog hing er de zurige lucht van de opgestapelde balen stukgoed.

Jos kreeg een plaatsje op de eerste verdieping waar vroeger een kantoor was. Daar stond een lange werkbank met enkele bankschroeven erop en daar stonden de jonge bankwerkers producten af te bramen die beneden in de werkplaats werden gemaakt. Kratten vol lagerblokken kwamen door het luik midden in de vloer naar boven. Blokken waaraan venijnig scherpe bramen zaten, die eerst met een homp ijzer waaraan een geharde snijkant was bevestigd moest worden afgestoten, om daarna verder met de vijl te worden bijgewerkt.

Het was geestdodend werk en de jongens die daar op die zolder bij elkaar stonden, baalden er vreselijk van. Ze werden er ballorig van, haalden streken uit, pestten elkaar. Vooral nieuwelingen moesten het ontgelden. Jos maakte het mee, vanaf de eerste dag, maar hij hield zich koest. Het zou wel overgaan, meende hij. En dat was ook zo.

Behalve een lange knaap die het kennelijk op hem had voorzien. Hij plaagde Jos, gewoon voor de gein. Hij verstopte de sleutel van zijn gereedschapsla, smeerde de handvaten van zijn gereedschap vol vet en haalde zijn pakje boterhammen weg zodat hij in het middaguur niets te eten had. Later, als de vervelende grap lang genoeg had geduurd, kwamen die boterhammen wel weer op de proppen, maar dan kreeg Jos weer op zijn kop van de baas, omdat hij onder werktijd stond te eten. Het begon Jos gruwelijk te vervelen en op een dag barstte de bom.

Jos kon goed werken en hij was de anderen vaak een heel eind voor. Daarom werd hij door de lange een uitslover genoemd en dat pikte Jos niet. Jos hield zijn mond, omdat hij ontzag had voor de lange armen en grote knuisten van de knul. Tot op een dag...

Jos was even naar de toiletten geweest. Toen hij terugkwam, zag hij dat zijn bijna lege bak met werk verwisseld was door een volle. En hij zag de lange plaaggeest grijnzen. Er ging een ijskoude golf door Jos heen. Hij tilde de loodzware bak op en gooide hem bij de lange voor zijn voeten. Toen nam hij de bak die praktisch leeg was en zette hem bij zichzelf neer.

Hoongelach klonk op en de lange riep, hevig verontwaardigd: „Wat doe je nu slome? Kun je het werk niet meer aan? Neem je zooitje terug of ik roep de baas!"

„Die bak is van jou en deze is van mij," zei Jos met een spierwit gezicht. „En als het je niet aanstaat, zeg je het maar! Dan sla ik je op je smoel!"

Dat zei Jos de Vet tegen een knul die kop en schouders groter was dan hij. Een knul bovendien die de rest van de jongens achter zich meende te hebben. En die knul haalde uit en gaf Jos een ordinaire draai om zijn oren. Jos reageerde furieus. Hij haalde uit met een grote basterdvijl in de hand en sloeg! De vijl bonkte op de harde kop van de lange en ineens was het ijzig stil op de werkzolder. De lange wankelde, zijn hand ging naar zijn hoofd, en sijpelde bloed tussen zijn vingers door.

Op dat moment kwam de baas boven. Hij zag in één oogopslag wat er aan de hand was en sprong tussen de vechtersbazen.

„Wat gebeurt hier? Moord en doodslag? Wie heeft dat geflikt?" Maar een blik op Jos die nog steeds met die vijl in de aanslag stond was voldoende. „Naar beneden. Pak je jas maar en ga naar huis. Je hoort hier meer van!"

„Ja, maar…" probeerde Jos, maar het was zinloos. De baas lette niet eens meer op hem, had al zijn aandacht nodig voor de getroffene, die inderdaad een jaap van een snee in zijn schedeldak had. Jos keek vragend om steun naar de andere jongens, maar die keerden zich van hem af. Hij gooide de vijl neer en roetste de trap af, meteen de poort uit. Hij dacht niet meer aan zijn jas.

Nu kwamen de reacties. Terwijl hij voortliep begon hij over heel zijn lijf te beven. Het drong tot hem door wat hij had gedaan. Hij had die knul de hersens kunnen inslaan! Misschien was het wel zo, had hij een hersenschudding. Want hij had hard geslagen, harder dan de bedoeling was, maar dat maakte niets uit. Hij had die rotknul wel dood kunnen slaan. En al viel het misschien toch nog mee, hij zou zeker zijn ontslag krijgen. Vechtersbazen konden ze in de fabriek missen, als koude pap! En nu gingen zijn gedachten naar thuis. Wat zou moeder zeggen en vooral, wat zou vader zeggen? Nu ja, daar kon hij wel naar raden. Vader maakte gehakt van hem. Hoe hij zich ook zou verdedigen. Wat moest hij nu doen?

Niets, zei een stem in hem. Jij zegt thuis niets. Of beter nog, zeg dat je ziek bent en dat je daarom naar huis komt. Ja, dat moest hij doen. Dat was de enige oplossing.

Zo kwam hij thuis, met een lijkbleek gezicht en moeder

trok de conclusie al voor Jos zelf iets had gezegd.
„Je bent ziek, jongen!" riep ze. „Gut, wat zie je er uit. Ze
hebben je zeker naar huis gestuurd. Ga vlug naar boven
en kruip onder de wol. Ik breng je dadelijk wel een
beker melk. Of heb je liever iets anders?"
„Ik wil helemaal niets," zei Jos kleintjes en kroop de
trap op. Daar ging hij gekleed op bed liggen en dacht
na, tot zijn hoofd er pijn van deed. Hij sukkelde in slaap
en het werd avond zonder dat hij er erg in had. Toen
kwam moeder naar boven met een kom soep.
Ze zei: „Hier heb je wat te eten." Haar stem klonk
anders dan daarstraks, ze zag hem kijken en ze knikte:
„Ze zijn hier aan de deur geweest van de fabriek. Om je
jasje te brengen. En met de boodschap dat je niet meer
terug hoeft te komen."
Jos de Vet had een besluit genomen. De vernedering
van zijn ontslag zat bij hem heel hoog. En dat was het
niet alleen. Hij had een hekel gekregen aan het vak
waarmee hij op de ambachtsschool zo met hart en ziel
bezig was. Het vooruitzicht altijd in de rumoerige
fabriek van Giesen te moeten staan, in een met olie en
vet besmeurde overall, hing als een donkere wolk
boven zijn hoofd. Het was niet geworden wat hij ervan
verwacht had toen hij op de school nog aan de bankschroef stond. Toen was alles nog interessant en spannend, nu was het alleen maar saai en smerig. De ruzie
met die lange treiterkop bleef hem achtervolgen. Hij
was getreiterd en de lange had zijn verdiende loon
gekregen. Nee, hij wilde hem geen gat in zijn kop slaan
met die grote basterdvijl, maar hij had er ook geen spijt
van. En dat hij zijn ontslag had gekregen, nam hij op de
koop toe.
Vader was woedend geweest. Giesen was een goede
kennis van hem en Jos had hem te schande gemaakt.

Hij moest onmiddellijk ander werk gaan zoeken, het maakte niet uit wat, al was het mestkruier of putjes-schepper. Maar dat was Jos helemaal niet van plan. In zijn opstandige kop had een idee postgevat dat hem niet meer losliet.

Jos besloot weg te lopen. Weg van thuis, weg van die smerige fabrieken, weg van de avondschool. Hij had overal de pest aan, hij wilde iets anders, iets van de wereld zien. Misschien trok hij wel naar Zwitserland of Frankrijk… want daar was alles anders. Zo dacht hij.

Een paar dagen na zijn ontslag kleedde hij zich extra warm aan. Het was al vroeg in de herfst, maar hij dacht er niet aan dat rustige najaarszon die plaats kon maken voor een hevige regenbui of storm.

Hij wilde alleen maar weg. Het idee wond hem op, hij dacht niet aan de gevolgen. Ook niet toen hij de fiets pakte van zijn vader en er vandoor ging. Hij fietste als een gek de stad uit en eenmaal tussen de velden, kon hij wel zingen van opluchting.

Ja, opluchting was het dat hem voortdreef zonder na te denken over de gevolgen. Hij had een paar gulden op zak, hij had geen enkel vast plan. Hij wilde alleen maar weg, zo vlug en zo ver mogelijk.

Hij fietste een uur, hij fietste twee uren in oostelijke richting. Want daar ergens lag de Duitse grens en daar moest hij overheen als hij naar Zwitserland wilde, of misschien wel naar Italië!

Hij stapte af om de boterham op te eten die hij had meegenomen. Want met een lege maag kun je niet fiet-sen, dat besefte hij wel. Na deze korte onderbreking stapte hij weer op om verder te gaan. Toen voelde hij zijn kuiten. En zijn dijbenen. Ze waren stijf, het draaide niet meer zo soepel.

„Niet opgeven, De Vet," zo spoorde hij zichzelf aan. „We

zijn pas onderweg. We moeten tientallen kilometers verder... honderden...!"

Hij trapte voort, terwijl hij om zich heen keek naar het landschap dat hij passeerde en achter zich liet. Hij fietste over een geasfalteerde weg, toen over een weg met kleine klinkertjes waarop de banden roffelden als op een blikken trommeltje. Hij werd met kleine trillingen doorelkaargeschud, het plantte zich voort naar zijn heupen, zijn polsen, zijn schouders.

Hij werd moe, maar wilde het niet weten. Hij klemde zijn kaken op elkaar, hij trapte door. Maar het elan was weg, de bevlogenheid leek op de vlucht te slaan voor zoiets simpels als zadelpijn.

Hij stopte op een smal zandpad naast de klinkers. Hij tilde zijn been over het zadel en liet de fiets langs de kant van een droge sloot omlaag schuiven. Hij ging erbij zitten, met de armen om de knieën.

Hij was kapot en hij voelde zich miserabel. Klein voelde hij zich, klein en onbenullig. Waar was hij in hemelsnaam mee bezig? Wat wilde hij eigenlijk? Wat wilde hij zichzelf bewijzen? De waanzin van het idee...

En toch moet ik vooruit, hield hij zichzelf voor. Hij mocht nu niet opgeven. Dat kon hij trouwens niet, hij had immers alle schepen achter zich verbrand... hij had geen thuis meer waar hij heen kon gaan, geen werk. Hij liet zich op zijn rug vallen, dwars over het zandpad en staarde naar de voorbijdrijvende wolken. Het was zo rustig, zo stil...

„Hallo!" riep een heldere stem. „Mag ik er even door?"

Hij schrok op, kwam overeind en keek naar het meisje dat met twee koeien aan een touw voor hem stond. Het drong even niet tot hem door.

„Ik kan er niet langs," verduidelijkte ze. Ze wees: „De beesten..."

„Oh? Ja! Ja natuurlijk!" Jos vloog overeind, dacht er even niet aan dat hij op een helling stond en schoof vlot de droge sloot in.

Ze lachte een parelende lach: „Krijg maar geen natte voeten." Jos krabbelde omhoog en nu leek hij stukken groter dan het meisje. „Het is gelukkig een droge sloot."

„Dat weet ik." Er was een ondeugende twinkeling in haar ogen. Lichtgrijze ogen waren het. „Kom je van ver?"

Een logische vraag die hem in verwarring bracht.

„Gaat nogal." Een bot antwoord.

„Moet je nog ver?" vroeg ze amper benieuwd. Ze had volle, rode lippen en een kuiltje in een wang, consta-teerde Jos.

„Heel ver."

„Oh. Nou, jij liever dan ik. Om doodmoe van te worden. Dag hoor!"

„Dag."

Jos ging weer naast zijn fiets zitten en keek haar na. Ze bracht de koeien naar een wei een eindje verderop. Ze deed het handig en resoluut. De beesten hadden maar te doen wat zei wilde. Haar wil was wet! Een pittige meid.

Jos wachtte tot ze terugkwam. Nu had ze niet meer de zorg voor de beesten en ze bleef staan met de armen over de borst gekruist. „Ben je nog niet weg?"

„Nee. Ik moest even wachten."

„Wachten? Waarop moest je wachten?"

„Op jou. Ik wilde op jou wachten. Dat mag toch?"

„Als je dat leuk vindt, je doet maar." Ze wiegde een beetje heen en weer in de heupen en er speelde een lachje om haar mond. „Jij bent een rare snijboon. Weet je dat wel?"

„Oh, dat weet jij niet half zo goed als ik zelf."

„Vertel eens…”

„Goed. Maar niet als jij daar zo blijft staan, terwijl ik hier zit. Kom bij me zitten, dan vertel ik alles wat je wilt weten.”

„Phoe! Ik weet niet of dat wel de moeite waard is…”

„Nou, dan niet,” deed Jos berustend.

„Toevallig heb ik op dit moment niets meer te doen. Dus, als je het leuk vindt…” Het volgende moment zat ze naast hem, waarbij ze haar rokken keurig over haar knieën trok. „Vertel maar.”

Hij keek haar nu recht in de spottende ogen en hij kreeg een beetje een raar gevoel in zijn maagstreek.

„Wat moet ik vertellen? Er is zoveel.”

„Als je eens begon met te vertellen wat je hier komt doen. Je bent niet van hier, dat hoor ik zo. Waar kom je vandaan?”

Hij zei het. En zonder aarzelen vertelde hij haar dat hij van huis was weggelopen en waarom en dat hij nu op weg was naar… ja, waarheen? Ze had zonder te onderbreken naar hem geluisterd en nu was er een andere, warme blik in haar ogen. Ze schudde haar hoofd.

„Weglopen nog wel! Dat haalt toch niets uit, jongen. Straks wordt het avond en waar blijf jij dan? Waar zul je eten?”

„Je vindt het geen goed idee.”

„Tenzij je op de vlucht bent voor iets. Maar ik denk eerder dat je voor jezelf op de loop bent. En dat is onbegonnen werk, jongen. Je kunt niet weglopen voor jezelf. Wat je nu doet, is weglopen van huis omdat je stout bent geweest en omdat je bang bent voor straf. Nogal kinderachtig, vind ik.”

Haar woorden bezorgden hem een vreselijke domper. Om de een of andere onlogische reden had hij steun van haar verwacht, maar zij maakte er korte metten mee.

„Ik wil mijn eigen boontjes doppen," zei hij koppig.
„Daar zul je toch mee moeten wachten tot je er klaar
voor bent. En dat ben jij niet. Nog lang niet!"
„Jij weet het wel te zeggen!"
„Het is de waarheid. Je gedraagt je als een sukkel en
dat ben je volgens mij ook niet. Of wel? Ben jij een suk-
kel?"
„Ik dacht het niet."
„Doe dan niet zo stom!"
Ze ging weer staan, met de handen in de zij. „Je kunt
met mij meegaan als je wilt. Dan kun je bij ons een
warme kop koffie drinken en een boterham eten. Zul je
nodig hebben als je terugfietst."
„Denk je dat ik dat zal doen?"
„Als jij je verstand bij elkaar hebt, ja!"
Tegen zoveel nuchtere logica was Jos niet opgewassen.
Met de fiets aan de hand wandelde hij met haar mee
naar haar thuis. Een eenvoudige boerderij, niet het
onderkomen van een heerboer. Jos had daar trouwens
geen ogen voor. Die waren voortdurend op het meisje
gericht en zo nu en dan op de moeder die in het ach-
terhuis bezig was en even een kijkje kwam nemen naar
de vreemde snoeshaan die haar dochter had meegebracht.
Ze zei niet veel, gromde iets van: „Ook goeiedag." En
verdween weer. „Moe vindt het maar niets dat ik je heb
meegebracht," zei het meisje. „Ze heeft niets gezegd!"
„Daarom juist. Ik ken mijn moe!"
Hij begon haar een eigengereid kind te vinden, dat op
alles het juiste antwoord had en overal een oplossing
voor wist. En hoe oud was ze eigenlijk. Amper net zo
oud als hij. En zo wereldwijs als de pest, zo leek het.
Hij volgde haar met de ogen zoals ze door de grote
woonkeuken bewoog en hij was in de ban van haar

natuurlijke gratie. Het was geen liefde op het eerste gezicht. Die uitdrukking kende hij niet eens, híj had daar amper iets over gehoord. Maar ze boeide hem, dat was zeker waar. En toen ze het een en ander voor hem had klaargemaakt en tegenover hem kwam zitten met een: „En nu eten! Anders val je nog van de graat, jochie!" voelde hij dat ze hem zonder moeite had ingepalmd. Als ze op dat moment tegen hem had gezegd dat hij te voet naar huis moest, zou hij het waarschijnlijk gedaan hebben. Hoewel dat volstrekt onmogelijk was. In plaats van te eten, zei hij: „Vertel me eerst maar eens hoe je heet?"

„Annie, gewoon Annie. En hoe heet jij?"

Toen hij zei dat hij Jos heette, lachte ze en zei dat hij zijn naam geen eer aandeed.

Hij lachte met haar mee en at. Nu voelde hij pas hoe leeg hij was. Hij at het hele bord met boterhammen leeg dat ze had klaargemaakt en leunde toen met een zucht achterover. Ze bracht hem meteen terug bij de realiteit.

„En wat ben je nu van plan?" vroeg ze.

„Je hebt me overtuigd. Ik ben een idioot."

„Je moet naar huis gaan en alles eerlijk opbiechten. Ze zullen het begrijpen."

„Hoe weet jij dat? Je kent mijn ouders niet eens."

„Jij hebt goede ouders, dat weet ik zeker. Verstandige mensen."

„Daar heb je gelijk in."

„Nou dan. Gebruik je verstand en bijt door de zure appel heen. Zo verschrikkelijk is het nu ook weer niet wat jij hebt uitgespookt."

„Vind je?"

„Dat vind ik, ja. Het was nogal dom, maar ach, zo zijn jongens nu eenmaal." Ze reikte hem over de tafel de hand. „Jij bent een goeierd, dat zie ik zo aan je. Een beetje een sukkel, maar een goeierd!"

„Ik vind jou een heel lieve meid!"

„Toe maar! Het kan niet op!"

„Ik meen het. Ik zal dadelijk naar huis fietsen als jij mij belooft dat ik terug mag komen."

„Waarvoor is dat dan?" Ze trok behoedzaam haar hand terug. „Gek jong! Jullie jongens zijn allemaal het zelfde."

„Nee, dat is niet waar. Ik wil je terugzien. Dat is alles."

„En waarom, als ik vragen mag?"

„Dat moet je mij niet vragen." Jos keek haar trouwhartig aan. „Ik heb nog nooit een meisje gehad. Ik weet alleen dat jij… nu ja, zeg! Moet ik alles uitleggen?"

„Nee, dat hoef je niet." Nu glimlachte ze en het was alsof de zon in huis begon te schijnen. „Het is goed, sukkeltje. Als je al die moeite voor mij wilt doen, mag je terugkomen om mij te vertellen hoe het thuis is afgelopen."

„Je zegt het nu, maar denk eraan, meisje! Ik doe het!"

„Dat geloof ik best," zei ze zacht.

Ze bracht hem naar buiten, naar zijn fiets. Daar wilde hij haar omarmen, haar tegen zich aantrekken, maar ze hield hem tegen. Ze nam zijn hoofd tussen haar beide handen en kuste hem vlot op de mond.

„Dat is om je aan mij te laten herinneren. En ga nu maar gauw, anders ben je niet eens thuis voor het donker is!"

Jos voelde geen vermoeidheid toen hij naar huis reed. Wat hem thuis te wachten stond, daar dacht hij niet eens aan. Hij fietste als het ware gewoon in het luchtledige, met Annie als gezellin. Zijn hart was van haar vervuld omdat hij verliefd was op een manier waarop jonge jongens van zijn leeftijd verliefd kunnen zijn. Helemaal hoteldebotel was hij.

En zo kwam hij thuis, niet als de geslagen boetvaardige zondaar, maar met een glimlach op zijn snuit.

Hij aanvaardde de uitbrander die moeder hem gaf, hij onderging de donderpreek van zijn vader. Maar hij boog zich niet diep in het stof van schaamte om wat hij had gedaan. Want hij had misschien zijn doel niet bereikt, maar de kennismaking met Annie maakte alles helder en duidelijk. Hij sprak er niet over met zijn ouders. Hij beloofde enkel beterschap en dat meende hij. Hij beloofde ook dat hij als de bliksem ander werk zou gaan zoeken. En dat deed hij, de volgende dag al.

Er was een grote machinefabriek in de stad waar ze textielmachines maakten. De fabriek van Wisdom en Zonen. Je moest daar hard werken, dat was bekend, maar je werd er ook goed behandeld. En jonge kerels die daar in dienst kwamen, werden in de gaten gehouden en – als daar reden voor was – werden die aangespoord om door te leren, op kosten van de baas. Het was daar goed werken, maar het was gruwelijk moeilijk om er binnen te komen.

Jos stapte erop af met het rapport van de ambachtsschool in zijn zak. Hij liep daar gewoon het kantoor binnen en zei dat hij kwam solliciteren.

Hij moest wachten in een klein kamertje. Na enige tijd kwam er een grote, dikke meneer bij hem met een somber, stuurs gezicht. Maar dat bleek slechts schijn. De man, die de grote directeur van de fabriek bleek te zijn, stelde hem kort en zakelijk enkele vragen. Hoe hij heette en waarom hij bankwerker was geworden, wat hij ermee dacht te bereiken en of hij bereid was keihard te werken. Hij wilde ook de cijfers van de ambachtsschool wel zien en hij gromde goedkeurend.

Toen vroeg hij waarom hij geen werk had en waar hij tot nu toe had gewerkt. Nu geen smoesjes verzinnen, hield Jos zichzelf voor. Hij vertelde alles, ook van de ruzie waardoor hij was ontslagen bij Giessen.

„Om die reden zou je hier ook buiten gevlogen zijn!" gromde de dikke directeur, maar de stuurse uitdrukking was van zijn gezicht verdwenen. „Heb je die knul hard geraakt met die vijl?"

„Ik denk het wel, meneer."

„Mooi is dat! Vechten behoor je met de blote vuist te doen.

Genoeg daar over. Je gaat hier de gang door en je meldt je bij de juffrouw op het kantoor. Zeg maar dat ik heb gezegd dat jij vanaf morgen hier komt werken. Wat verdiende je bij Giessen?"

Jos zei het hem en de directeur gromde: „Ik zal je vijf gulden per week meer geven. Maar als ik merk dat je er de kantjes vanaf loopt, vlieg je over een week weer buiten. Is dat duidelijk?"

„Heel duidelijk, meneer."

„Ze noemen mij hier meneer Willem. Want zo heet ik. Verstaan?" „Jawel meneer."

„Ga dan nu maar en doe wat ik je heb gezegd! En zorg dat je morgenvroeg op tijd bent, kerel! Laatkomers moet ik niet!"

Zo kwam Jos bij Wisdom en Zonen terecht. Het was een hele vooruitgang voor hem. Hij werd als hulpje naast een wat oudere bankwerker gezet, die hem de fijne kneepjes van het vak moest leren. Deze Melchior, die door iedereen Mel werd genoemd, was een prima vakman. Hij was gespecialiseerd in textielmachines. Hij werd betrokken bij het ontwerp van een machine en had daar een belangrijke stem in. In de werkplaats was hij een autoriteit. Als iemand iets niet wist, was de kreet altijd: „Vraag het maar aan de Mel."

Bij die man kwam Jos terecht en in het begin wist hij

niet zeker of hij daar nu blij om moest zijn, of juist niet. Want de Mel wilde wel weten dat hij in hoog aanzien stond bij de grote baas Willem. De bazen in de werkplaats hadden niets over hem te zeggen, de Mel ging zijn eigen gang.

En hij was zelf zo bazig alsof hij de hele fabriek onder zijn verantwoording had. Wat natuurlijk niet het geval was. Hij was simpelweg een hele goede machinebankwerker. En hij was bazig. Hij maakte het Jos en de andere jongens die onder hem werkten niet makkelijk. Maar van de andere kant leerde hij de jongens hun vak beheersen zoals het moest.

Jos was vlug van begrip, hij wilde vooruit. De Mel zag dat en al gauw betrok hij Jos bij klusjes waar hij wat van kon leren. Hij adviseerde Jos ook om bij het zogenaamde leerlingenstelsel te gaan. Dat was studie, gecombineerd met het werk dat hij deed. De opdrachten kreeg hij van de Mel. Alles werd bijgehouden in een schrift dat hij eens per week meenam naar de fabriek om aan de Mel de tekeningen en andere opdrachten te laten zien. Die keurde het goed of af, naar gelang hij gemutst was. En daar was Jos niet altijd even blij mee. Maar hij zweeg. Hij had zijn lesje geleerd en hij was niet van plan voor de tweede keer in de problemen te komen.

Want Jos had een droom. De herinnering aan het meisje Annie koesterde hij diep in zijn binnenste als een kostbare schat. Hij wilde weer naar haar toe, nee, hij moest naar haar toe. Maar daarvoor had hij een fiets nodig en hij hoefde thuis niet meer aan te komen om er een te lenen van vader of van zijn oudere broers. Wat te begrijpen was.

Jos droomde van een eigen fiets. Hij had het er al eens met moeder over gehad, maar die had geen geld om voor hem een goede tweedehands fiets aan te schaffen. Daar moest voor gespaard worden.

Jos spaarde op het gierige af. Elk dubbeltje legde hij opzij. Hij gunde zichzelf niets. Hij had maar één doel voor ogen... een fiets te hebben! Na weken van hard sparen had hij enkele guldens en rijksdaalders bijeen geschraapt. Met dat geld ging hij naar zijn moeder.

„Moeder, luister eens. Ik heb hier het geld dat ik gespaard heb voor een fiets. Maar het is nog niet genoeg. Zou jij...?"

„Laat eens zien, hoeveel heb je?" Het bedrag viel moeder mee, maar ze schrok toen Jos zei hoeveel hij nog nodig had om een fatsoenlijke fiets te kunnen kopen. „Ik zou zo zeggen, spaar nog maar een jaartje of wat door. Van dit geld kun je hooguit een paar banden kopen."

Ze viel opeens stil, keek Jos peinzend aan. „Achter in het schuurtje hangt het frame van een oude renners-fiets van je broer Teun. Hij heeft er een blauwe maandag op gereden en toen heeft hij er de brui aan gegeven. Als je dat frame kon opknappen... Teun zal geen bezwaar hebben."

„Dat ik daar niet eerder aan heb gedacht!" riep Jos opgewonden. „Ik ga het hem meteen vragen... eh... hij zal er toch geen geld voor willen hebben?"

„Nee, dat geloof ik niet."

Moeder had gelijk, Teun had geen enkel bezwaar; „Kijk maar wat je van dat oud stuk roest kunt maken. Andere wielen moeten er in elk geval in en een zadel is er ook niet meer..."

Jos hoorde zijn broer al niet meer. Hij haalde het frame voor de dag dat er als een bonk roest uit zag. Hij maakte het schoon, vond een potje verf en schilderde het frame. Ergens op een schroothoop vond hij een paar wielen die opnieuw gespaakt moesten worden. Ook dat kreeg hij voor elkaar. En bij een fietsenmaker in de buurt versierde hij een stel trappers en een paar banden voor een habbekrats.

Jos zette zo een fiets in elkaar! Nu had hij de fiets van vader niet meer nodig. Hij had nu zijn eigen fiets! Zijn fiets! Het geval oogde van geen kanten, want de wielen pasten helemaal niet bij het frame en er stond een oud, doorgezakt zadel op, maar het was een fiets.

Trots als een pauw reed hij ermee door de straat. Hier en daar piepte het voertuig een beetje, maar dat verdween vanzelf na het gebruik.

En hij maakte er gebruik van. De eerstvolgende vrije zaterdagmiddag ging hij zich recht van zijn werk opknappen en was weg.

De fiets deed het goed. Een piepje nog hier en daar, maar dat ging vanzelf over. Gewoon niet op letten, dat was het beste. Gewoon fietsen.

Want hij wist waar hij heenging, hij had het altijd geweten vanaf die nare dag waarop hij was weggelopen en dat meisje had ontmoet, Annie! Hij wilde haar weer zien, hij wilde met haar praten, lachen. Maar vooral zien. Laat in de middag kwam hij bij de boerderij aan. Die lag daar zo stil tussen de akkers, alsof er niemand thuis was. Een paar kippen kakelden, dat was alles.

Jos zette zijn fiets tegen het woonhuis en liep de tuin in. Hij hoorde haar lach. Ze was verderop, achter in de tuin, achter dat kippenhok daar! Hij sloop er naar toe, als een indiaan op strooptocht.

Hij naderde het hok, hij liep er langs tot hij om de hoek kon kijken...

„Hemeltje!" Annie stond tot haar kuiten in het water van een oude gietijzeren badkuip die als drinkbak voor de koeien dienstdeed. En Annie was naakt! Spierspartel naakt! De druppels op haar sierlijke, jonge lichaam glansden als evenzovele parels in de zon. En ze staarde met grote ogen naar Jos die als gehypnotiseerd naar haar keek!

HOOFDSTUK 6

„Hemeltjelief! Schrik niet! Niet schrikken! Ik ben het maar!"

„Ga je weg, lelijke gluurder!" kreet ze. Jos draaide zich om. „Maar je hoeft niet weg te gaan," riep ze er meteen achter aan. „Wacht daar maar even. Ik kom bij je."

„Ik wacht. Uren als je wilt. Als je maar komt!" kreunde Jos verrukt.

Ze kwam. Ze had een gebloemde, katoenen jurk over haar nog natte lijf gegooid. Die plakte aan haar blote lijf, maar zij scheen het niet te merken. Ze kwam naar Jos toe, met het hoofd een beetje schuin en met een ondeugende twinkeling in haar lichte ogen.

„Jij deugniet! Jij weet het juiste moment ook wel uit te kiezen!"

„Nee, nee. Zo is het niet. Ik… ik hoorde je lachen en ja… toen wilde ik je verrassen. Dat is echt waar?"

„En?" vroeg ze guitig.

„Wat en?"

„Beviel het wat je zag?"

„Daar… daar mag je niet naar vragen. Het is ja! Natuurlijk is het ja! Je bent mooi… zo ontzettend oogverblindend mooi!" Hij zweeg abrupt. „Je moet mij dat niet vragen."

„Waarom niet?"

„Omdat het niet hoort."

„Nee. Je hebt gelijk. Het hoort niet dat een jongen zijn meisje in haar blote vel ziet. Maar dit was geen opzet. Ik was mij gewoon aan het afkoelen in die badkuip en jij… jij was toevallig in de buurt."

„Niet toevallig. Ik ben speciaal voor jou gekomen."

„Ja? Echt waar? Ach, natuurlijk is het waar. Wat lief van je. Nu mag je mij een kus geven."

Ze keek naar hem op en hij omarmde haar koele, vochtige lichaam. En hij kuste haar, heel voorzichtig. Hij moest aan de teugels van zijn emoties trekken om zich niet te laten gaan.

„Nette jongen," plaagde ze zacht.

Nu kuste zij hem en hij voelde de warmte van haar lippen op zijn mond. Hij kreunde. Het was te mooi, te zalig, te overweldigend. Zacht duwde hij haar van zich af.

„Wat is er, lieve jongen?" vroeg ze.

„Niets, schat van mijn hart. Maar ik denk dat ik nu beter mijn kop even onder de koude kraan kan steken. Ik wil niet op hol slaan."

„Brave jongen," plaagde ze weer. Tegelijk pakte ze zijn hand en trok hem mee naar een gevelde boomstam die daar in het gras lag. „Hier gaan we zitten en jij vertelt mij alles wat er sinds de laatste keer is gebeurd. Ik wil alles weten."

En zo gebeurde het. Jos vertelde alles over zichzelf en ook hoe hij thuis was gekomen en hoe het nu verder met hem ging bij de firma Wisdom en Zonen. En hij besloot door heel fier te zeggen: „Je ziet. Het gaat heel goed met mij. Ik bouw aan mijn toekomst."

„Dat klinkt alsof je trots bent op je blokkendoos of zoiets. Doe toch gewoon. Je werkt en je doet je best. Prima. Laat de toekomst maar even wachten."

„Kan niet. Ik ben te ongeduldig. Zeker nu, nu ik jou… nu ja, mijn meisje durf te noemen. Want dat is toch zo, nietwaar Annie? Jij bent toch mijn meisje?"

„En jij bent mijn lieve jongen. Ja, dat is waar. Maar het zal niet makkelijk zijn. Om elkaar regelmatig te zien, bedoel ik. Hierheen fietsen is al een hele toer, dat heb je zelf gezegd. Maar op en neer op een dag, dat is bijna niet te doen."

„Ik heb het gedaan, de eerste keer. En nu doe ik het weer als het niet anders kan. En ik zal het blijven doen, als het nodig is."

„Dat is aan mijn moeder om te beslissen, Kom mee…"

„Niet nodig!" Daar stond haar moeder en ze keek alles-behalve vriendelijk. „Ik weet niet wat jij met deze jongen moet, Annie! Maar voorlopig kan daar niets van komen. Dat weet jij zelf ook. Je bent nog veel te jong voor de vrijerij! Ik zeg het maar zoals ik het zie en ik zit er nooit ver naast, dat weet je!"

„Dat weet ik, moeder," beaamde Annie. „Maar Jos is niet zomaar een flirt, als je dat misschien mocht denken. Hij is speciaal met de fiets hierheen gekomen, wel veertig kilometers ver, enkel en alleen om mij te zien."

„Mag ik ook eens wat zeggen?" vroeg Jos.

„Even geduld, jij." Het klonk al iets minder onvriende-lijk. „Waar kom jij vandaan?" Jos vertelde het haar en ze knikte: „Dat is inderdaad een fiks end. Waarom ben je zo gek?"

„Omdat ik gek op je dochter ben, boerin. Zo eenvoudig als wat."

„Zo eenvoudig is dat niet. Annie is mijn enige dochter, zij is alles wat ik heb. Ik heb ook geen man meer. Niet dat het je iets aangaat, maar hij is onlangs gestorven. Jij met je jonge hersens zult toch moeten begrijpen dat ik zuinig op haar ben. En dan kom jij, van kilometers ver weg en je zegt tegen mij dat je van haar houdt. Nu jongen, ik geef daar geen snars om! Geen cent geef ik ervoor!"

„Maar ik wel!" zei Annie fel. „Ik ben geen kind meer moeder. Allang niet meer, dat moet jij toch weten. En ik ben ook niet van plan om je in de steek te laten, als

je dat mocht vrezen. Maar Jos is mijn jongen, mijn vrij-
er! Hoe dat dan verder moet gaan, dat weet ik ook niet.
Dat zien we later wel. Maar als Jos mij wil, wil ik hem
ook en daar kun jij helaas niets tegen doen, moeder!"
„Maar, mijn hemel! Zo heb je nog nooit tegen mij
gesproken!"
„Zo zal ik ook niet meer tegen je zijn. Dat wil ik niet.
Maar hij!" Annie sloeg haar arm om zijn hals en trok
hem naar zich toe: „Hij is van mij en ik ben er voor hem.
Als ik ooit naar het altaar ga, dan is het met hem!"
De boerin zweeg, schudde enkel haar hoofd. Ze liep
weg, maar na enkele passen stond ze stil en maakte een
gebaar: „Kom binnen!" Later die middag zaten ze in de
woonkeuken. Ze hadden gegeten en Annie had zich
omgekleed. Ze had nu een katoenen jurk aan met een
blauwe mouwschort eroverheen.
„Er hangt nog een overall in de schuur," zei de moeder.
„Hij zal je wel te groot zijn, maar je kunt de broekspij-
pen en de mouwen oprollen. Dan maak jij je niet smerig als je Annie helpt."
„Is dat wel vertrouwd?" vroeg Jos.
„Niet brutaal worden of ik gooi je van het erf af," zei ze,
maar haar stem klonk niet onvriendelijk.
Ze was ook al flink ontdooid. Kennelijk begreep ze dat
ze beter eieren kon kiezen voor haar geld. Ze was een
weduwvrouw en wat moest ze aanvangen als haar
dochter verkeerde dingen ging doen.
„Ik begrijp dat het een hele toer is om in één dag op en
neer te fietsen," zei ze tegen Jos. „Je kunt hier blijven
slapen… in mijn bed! Ik kruip dan wel bij Annie. Dat
lijkt mij wel zo verstandig."
„Ik ben niet van plan misbruik te maken van jullie gast-
vrijheid," zei Jos oprecht gemeend.
En Annie zei: „Daar ben ik trouwens zelf bij. Er gebeurt

niets moeder, wat niet door de beugel kan. Reken daar op."

„Dat doe ik ook. Daar reken ik ook op."

Die dag werkte Jos in de stallen bij de beesten en hij ging met Annie mee naar de wei, waar de koeien stonden. Tussendoor vrijde hij een beetje met Annie en daar had zij helemaal geen bezwaar tegen. Maar, hoe graag hij ook was gebleven, tegen het eind van de middag moest hij toch weer op de fiets, huiswaarts. Hij kon niet zomaar een hele nacht wegblijven, dat begreep Annie eigenlijk ook wel.

Met uitbundige jubeltonen in zijn hart trapte hij op huis aan. En met een echt hiep-hiep-hoera gevoel kwam hij achterom door het poortje weer thuis. Maar binnen zat moeder op hem te wachten met een grote enveloppe in de hand. Een oproep om gekeurd te worden voor militaire dienst.

„Dat kan niet," zei Jos en onlogisch liet hij erop volgen: „Want ik heb verkering."

„Ik wist wel dat er zoiets aan de hand was," zei moeder berustend. „Je hoeft het mij niet te vertellen." Ze wuifde met de enveloppe: „Maar hier zul je toch niet omheen kunnen. Ze roepen alle jongens op in dienst en jij bent niet beter dan de rest."

„Maakt niks uit, ik laat me toch afkeuren," zei Jos stoer. Maar daar in het legerhospitaal in Utrecht lieten ze zich geen rad voor de ogen draaien. Net als al die andere jongens werd Jos bekeken en beklopt.

„Je bent er klaar voor," zei de controlerende arts.

„En waar sturen jullie mij nu heen?" vroeg Jos brutaal weg. „Daar ga ik niet over," zei de dokter. „Daar krijg je bericht van."

Er kwam ook nog een test aan te pas. Op een formulier moesten de recruten in spe onnozel sommetjes maken en ze konden ook opgeven waar ze het liefst bij werden ingedeeld. Jos vulde dat niet eens in. Wist hij veel. Zandhaas spelen, vliegen of varen, het was allemaal één pot nat. Laat hem maar soldaatje spelen zoals de meesten.

Er gingen enkele weken voorbij. Jos was inmiddels alweer een paar keer naar zijn schatje geweest en die was er helemaal niet blij mee dat haar jonge held de wapenrok zou moeten gaan dragen. Ze waren nu al heel hecht met elkaar. Jos had ook het hart van de boerin gewonnen. Zij vond hem een jongen zonder een zweem van flinkdoenerij en hij gedroeg zich fatsoenlijk. Annie had het voor elkaar met haar Jos, vond moeder. Nu kwam dit ertussen. Jos hield het hoofd koel, tenminste aan de buitenkant. Maar van binnen was hij er niet gerust op. Om zich heen hoorde hij verhalen van jonge kerels die al in het leger waren geweest. Vooral van zijn broer Frans die na de bevrijding van Brabant als vrijwilliger in dienst was gegaan en die nog tot over de Duitse grens had gevochten.

Jos moest niets hebben van die stoere verhalen. Soldaatje spelen lag hem niet zo. Hij had sowieso een hekel aan alles wat met leger en oorlogvoeren te maken had. Maar hij hield zich groot.

„Maakt allemaal niks uit, zei hij op hoogdravende toon. „Als soldaat krijg ik toch in de weekeinden verlof en dan kom ik naar je toe. Oorlogje voeren hoeft niet meer, de oorlog is voorbij, ook in Indië. Het is gewoon een kwestie van je tijd uitzitten. Een beetje marcheren en zo. Nou, het is mij best. Het maakt tussen ons geen verschil. Je zult het zien!"

Oh, wat een vergissing was dat! Want hij kreeg wel een oproep voor militaire dienst, maar niet voor de landmacht. Jos de Vet was ingedeeld bij de Koninklijke

Marine en hij moest zich binnen vier weken melden in een kamp in Voorschoten! Vanwege zijn technische achtergrond was hij voorbestemd om stoker te worden... Annie was ontroostbaar. Dat haar liefste soldaat moest worden, dat was nog te dragen. Er waren wel meer jongens in het dorp die soldaat waren. Maar zeeman! Matroos! Dat zag ze helemaal niet zitten.

„Als je maar nooit in dat gekke pakje naar hier komt," zei ze. „Ik zou me doodschamen voor de mensen. Ik hoor het ze al zeggen: „Annie heeft een matroos! Een zeeman! Ze zullen mij erom uitlachen!"

„Ja, lieverd, of je het nu leuk vindt of niet. Het is zoals het is. En de mensen zullen eraan wennen. Als ik in het weekeinde hier bij jou kom, trek ik meteen mijn apenpakkie uit en mijn overall aan. Niks aan de hand."

Annie bleef het niks vinden, al besefte ze wel dat er niets anders opzat dan het feit te accepteren. Haar Jos daarginds tussen die wildvreemde kerels, die natuurlijk allemaal achter de meiden aanzaten met hun braniekraag, ze had er een hard hoofd in. En zij thuis maar smachten! Op de laatste zaterdagavond voor hij naar Voorschoten moest, kwam Annie stilletjes bij hem in bed geschoven.

„Je moet van mij blijven houden," eiste ze zacht in zijn oor. „Jij moet mij voor altijd trouw beloven."

„Ik hou van je en ik blijf je trouw," zei Jos gehoorzaam en trok haar zacht tegen zich aan. „Ben je zo bang..."

„Ik ben niet bang. Ik wil jou niet verliezen! Nooit!"

„Daar denken wij dan allebei hetzelfde over, want ik wil jou ook niet kwijtraken. Militaire dienst heeft daar niets mee te maken. Ik heb een meisje, ik hoef niet op de vrouwentoer omdat anderen dat misschien wel doen. Ik ben jouw trouwe vrijer en ik ben van plan dat te blijven. Duidelijk, lieve schat?"

„Bewijs het mij, nu!" zei Annie zacht en zwoel.

En wat kon Jos anders doen, dan haar dringend verzoek opvolgen?

Enkele dagen daarna reisde Jos de Vet naar Voorschoten om daar ingelijfd te worden bij de Koninklijke Marine. Het was een grauwe dag en in de trein was de aanblik van het voorbijglijdende landschap niet om over naar huis te schrijven.

Jos had trouwens wel andere dingen aan zijn hoofd. Het was de onzekerheid die hem rusteloos maakte. Diep van binnen was hij toch wel blij dat hij bij de marine terechtkwam. Gewoon soldaat, zandhaas zogezegd, dat had hem minder gelegen. Maar bij de marine, dat was in één adem praten over de zee, over de oceaan wellicht en dat maakte de avontuurlijke geest van Jos wel wakker.

Hij werd stoker, maar dat zei hem niet veel. Op de ambachtsschool had hij stoomwerktuigkunde gehad, er hing hem nog iets bij van vlampijpen en vuurhaard, maar veel verder reikte zijn herinnering niet.

Nu ja, hij zou wel zien. Ze zouden wel een opleiding krijgen en dan merkte hij wel hoeveel hij achter lag bij de anderen. Want die wisten natuurlijk veel meer dan hij. Want hij kwam uit Brabant, van de zandgrond. Dat was een heel eind van de zee vandaan.

In Voorschoten stond een pief met een paar gele strepen op zijn mouw hen op te wachten. Zo'n veertig jonge kerels liepen daarna braaf in het gelid naar het barakkenkamp. In een daarvan kregen ze een brits aangewezen en werd hun de regels van het huis verteld. Het kwam erop neer dat ze vanaf dat moment in dienst waren bij de marine en dat ze het kamp zonder toestemming niet mochten verlaten.

Later werden ze weer in een lokaal gedreven en daar moesten ze zowaar weer een test afleggen. Het waren sommetjes van de lagere school en ook een paar strikvragen, zoals: hoeveel gaat er in een liter water? Zeker om de sufkloten van de intelligente knapen te scheiden. En ze werden nogmaals gekeurd en tegelijk moesten ze een soort vlekkentest afleggen, waar Jos de diepere betekenis niet van begreep. Trouwens, de meesten snapten er niets van.

Daarna gingen ze naar de foerier om hun uniform en verdere uitrusting te gaan halen. In de slaapbarak kleedden zij zich om en het was een vreemd gezicht om die burger knullen te zien veranderen in matrozen! Ze kregen te eten, boterhammen met een schijfje worst, een plakje kaas en met gekleurde hagelslag. Jos had nog steeds honger toen hij het zijne op had, maar hij wist niet of hij om meer kon vragen. Dus dat deed hij maar niet. Daarna was het avondappel, waarbij ze als houten klazen naar de vlag daar hoog aan de mast stonden te kijken.

Het was allemaal maar een ongeregeld zooitje vond Jos. En toen hij later op de harde brits probeerde te slapen, dacht hij tegelijk aan Annie...

„Wat een verschil," zuchtte hij.

De volgende dag vertrokken zij naar het Marine Opleidingskamp in Hilversum. Daar werden de recruten getraind in het marcheren met een geweer over de schouder, ze leerden de rangen en standen bij de marine en ze leerden wat wachtlopen was; Met een wapenstok in de hand heen en weer langs de afrastering van de legerplaats kuieren in de pikdonkere nacht. Nu was Jos geen bange jongen, maar een lolletje vond hij het toch allerminst. Vooral niet omdat de wachtcommandant het leuk vond de uitgezette posten met een bezoek te vereren in de hoop hen te kunnen betrappen op in slaapvallen of anderszins.

Overdag kregen ze les in rangen en standen. Marcheren leerden ze van een korporaal marinier die niet van half werk hield. Eén les was voor hem voldoende om alle sloomheid uit hun botten te verdrijven. Ze marcheerden alsof hun leven ervan afhing, met stevige passen, schouders achteruit en de neus in de wind. Later kwam daar nog een geweer bij, waarmee ze leerden om te gaan als was het hun beste maatje.

Och, alles bijeengenomen viel het militaire leven mee. Marineman zijn was toch weer een tikje anders dan zandhaas. Toen ze na zes weken voor het eerst met weekendverlof mochten, zette Jos zijn cap op extra zwierig en ging met de trein naar het zuiden, naar zijn familie om zich te laten bewonderen. Aha, zeebink! Dat was nog eens wat anders dan zandhaas! Och arm, hij had nog nooit van zijn leven een schip gezien, laat staan de zee!

Maar het oog wilde ook wat en dat maakte veel goed. Annie was volkomen weg van haar zeeman toen hij na zes weken voor de eerste keer overkwam met de bus! Ze zeulde hem overal heen, naar haar familie, naar de plaatselijke kroeg. Daar kreeg Jos het aan de stok met een knaap wiens broer bij de mariniers was en die beweerde dat gewone matrozen gewend waren in hun bed te piesen, liever dan eruit te gaan omdat ze bang waren in het donker! Natuurlijk trok Jos dat op zijn fatsoen en er moesten een paar verstandige knapen aan te pas komen om een knokpartij te voorkomen!

De moeder van Annie liet duidelijk merken dat ze niet van een zeeman hield.

„Allemaal schuinsmarcheerders!" was haar oordeel. „In elk stadje een ander schatje!"

Op de vraag van Jos hoe zij dat kon weten, had ze geen antwoord. „Dat weet toch iedereen," zei ze.

Daar was de kous mee af. Als hij bij Annie was, trok hij zijn uniform uit en een overall aan, alleen om Annies moeder te sussen. Zij vond het best. Annie vond het minder. Maar zij troostte zich met de gedachte dat ze hem toch maar mooi naar de bus kon brengen, voor iedereen te zien.

Na de eerste militaire vorming werd Jos overgeplaatst naar de marinekazerne in Amsterdam voor de opleiding tot stoker. Daar leerde hij ook weer andere maten kennen en met twee van hen raakte hij echt bevriend: Jantje Smot uit Zuid-Limburg en ene Herman Riks uit Amsterdam. Jantje was een korte, gedrongen knaap en Herman was een lange, zwierige Mokummer. Eigenlijk pasten ze voor geen meter bij elkaar, en eigenlijk juist weer wel, omdat ze zo volstrekt anders waren.

In elk geval waren het reuze knullen en Jos trok maar wat graag met hen op. Dat leidde soms tot dolle avonturen, want Herman wilden zijn maatjes graag het nachtleven van Amsterdam leren kennen en Jantje leek opgevoed te zijn met pils en niet met moedermelk. Een feestneus eerste klas was het.

Maar er moest ook geleerd worden. Eerst voor de opleiding stoker/olieman. Dat was al een hele klus. Ze hadden alle drie de ambachtsschool gehad, dus iets wisten ze er wel van. Maar van scheepsturbines en dieselmotoren hadden ze nog niet zo veel gehoord. Toch werd hun een uitdagende mogelijkheid voorgehouden. Dienstplichtingen die bij de opleiding tot stoker een score haalden van tachtig punten of meer, kwamen in aanmerking voor de opleiding tot korporaal-machinist!

Het was een maatregel uit nood geboren. Er was te weinig lager kader en dat moest nodig worden aangevuld.

Jantje Smot, Herman Riks en Jos de Vet gingen de uitdaging aan. En zij haalden het alle drie. Jos weliswaar met de hakken over de sloot, maar toch.

De vooropleidingen waren nu achter de rug en ieder ging naar een nieuwe bestemming. En het lot wilde dat Jantje, Herman en Jos alle drie werden geplaatst op de trots van de marine: het vliegdekschip de Karel Doorman! Dat was in de ogen van de kersverse pikbroeken een gigantisch schip en in zeker opzicht was het dat ook. Maar toen ze bij een eerste zeeoefening afmeerden, werden hun ogen ruw geopend. Om de haven van Edinburgh binnen te varen, moest de zendmast omlaag, anders kon het schip niet onder de befaamde brug de Firth of Forth door. De volgende ochtend zagen ze de hele Amerikaanse vloot voor de brug liegen. Zij konden er geen van allen onderdoor!

Jos vond het varen een feest. Hij genoot ervan met volle teugen. Hij betrapte zich er zelfs op dat hij het helemaal niet zo verschrikkelijk vond om op zondagavond afscheid van Annie te moeten nemen, omdat ze de volgende morgen in alle vroegte zouden uitvaren. Voor negen weken kozen ze het ruime sop, hoezee!

In die tijd kreeg hij ook zijn aanstelling tot korporaal. Dat gebeurde in aanwezigheid van de gehele bemanning. Heel plechtig allemaal! Maar toen Jos voor de eerste keer in de machinekamer kwam met zijn gele strepen op zijn mouw, lieten een stel ruige donders, mannen die al jaren bij de marine zaten, hem proeven hoe kielwater smaakte. Hij kon het afkopen door het weggeven van een paar kratjes bier. Wat hij dan ook maar vlug deed. Enkele dagen later kon hij zich revancheren toen een stoomturbine op hol sloeg en uit zijn voegen dreigde te barsten. Hij als enige van alle verbijsterde manschappen, had de tegenwoordigheid van geest om de veiligheidsknop een enorme dreun te geven zodat de dolle turbine, amechtig zijn laatste stoom uitblies en tot staan kwam. Het leverde hem een pluim op van de commandant persoonlijk, die er meteen een toespeling op de toekomst van Jos aan vastknoopte. Zijn plaats was bij de marine, verzekerde de hoge piet hem. En diep in zijn hart dacht Jos er net zo over. De marine was het helemaal!

Zijn diensttijd liep sneller dan verwacht ten einde. Jos was in enkele jaren uitgegroeid tot een volwassen jongeman. Zijn leven naderde nu een kruispunt van wegen. Als hij met groot verlof ging, kon hij zo weer aan de slag bij Wisdom en Zonen. Dat was hem al toegezegd toen hij daar een keer langs was gegaan om zich te laten zien. En bij die gelegenheid had de grote baas Willem hem gevraagd wat die strepen op zijn mouw betekende. Jos zei het hem met gepaste trots, en de dikke baas knikte prijzend.

„Dat zul jij wel goed zijn in wiskunde en zo," veronderstelde hij. Jos bekende dat hij daar redelijk mee uit de voeten kon.

„Dan zou jij beter op je plaats zijn in de tekenkamer dan in de werkplaats. Denk er maar eens over na. En dat deed Jos natuurlijk. Maar hij dacht ook aan die andere mogelijkheid. Aan hetgeen de commandant tegen hem had gezegd. Hij dacht erover bij te tekenen bij de marine! Daar had hij zin in en dat vertelde hij ook tegen Annie. Die daarop reageerde door fel van leer te trekken.

„Als jij bij de marine blijft, kun je mij wel vergeten!" sprak ze vinnig. „Je hebt zelf tegen mij gezegd dat je dan grote kans maakt dat je uitgezonden wordt naar Suriname of naar Nieuw Guinea en dan blijf je jaren weg! Zo'n vrijer wil ik niet. Ik hier thuis de kuise vrijster zijn en jij daarginds achter de blote negerinnetjes aan! Het zal niet gebeuren! Ik heb op je gewacht omdat je in dienst moest. Nu ben ik aan de beurt, Jos de Vet!" Het waren harde woorden, temeer omdat Jantje Smot wel bijtekende en inderdaad voor enkele jaren naar de Oost moest.

Jos koos eieren voor zijn geld, hij keerde terug naar de machinefabriek van Wisdom en Zonen, maar niet meer in een overall. Willem, de directeur had hem iets in het vooruitzicht gesteld en op een bescheiden manier herinnerde Jos hem daar aan.

„Jij wil dus op de tekenkamer komen," deed Willem een beetje smalend. „Denk erom, jongeman, dat je daarvoor meer in je mars moet hebben, dan wat je hier hebt. Dat diploma dat je bij de marine hebt gehaald, betekent hier bijna niets. Wij maken hier textielmachines, weet je wel, geen stoomketels. Maar ik zal mijn woord gestand doen. Ik zet jou op de tekenkamer met hetzelfde loon dat je op jouw leeftijd in de werkplaats zou hebben. Tegelijk beloof jij mij dat je zult gaan leren, voor constructeur, of machinetekenaar, aan jou de keus. Zeg het maar!"

„Hoe moet ik gaan leren als ik ook moet werken?"

„Schriftelijk, mijn jongen. Er is een heel goed schriftelijk instituut waar je alles kunt leren wat je moet weten om een goed constructeur te worden."

„Als u het zegt, zal ik dat doen," beloofde Jos nogal makkelijk.

„Dat is dan afgesproken."

Zo kwam Jos de Vet op de tekenkamer terecht en daar leerde hij Mel Jorissen kennen, die daar zo'n beetje de belangrijkste man was. Er was nog een constructeur, die alleen in een apart kamertje stond te werken aan een belangrijk project. Maar Jos kwam dus bij Mel en

bij hem zette hij de eerste wankele schreden als teke-
naar. Het feit dat hij een eigen groot tekenbord kreeg
toegewezen, met alle spullen die daarbij hoorden, ver-
vulden hem met ontzag. Om te voorkomen dat hij in
slappe momenten geen steek zou uitvoeren, kreeg hij
ook het beheer over de uitleen van speciale gereedschappen voor de vaklieden in de werkplaats. Het
klonk gewichtig, maar het had niets om het lijf.

En Jos begon aan zijn toekomst te bouwen door een
schriftelijke cursus voor tekenaar-constructeur te volgen bij het instituut dat Willem hem opgaf. Een nieuwe
wereld ging voor hem open.

HOOFDSTUK 7

„Je komt nu al vier jaar hierheen," mijmerde Annie slaapdronken.

Ze lagen samen in de zon tegen een hooischelf te luieren. Jos grinnikte.

„Jij had niet verwacht dat ik het zo lang zou volhouden, is het niet?"

„Ik heb even gedacht dat je mij in de steek zou laten en naar Indië zou varen," bekende ze. „Maar niet voor lang. Ik ken je toch?"

„Denk je?" Jos leunde op een elleboog en keek naar haar fris, blozend gezicht. Hij schudde zijn hoofd. „Ik moet wel gek zijn geweest om daar ook maar een ogenblik aan te denken. En dan na enkele jaren terugkomen en ervaren dat je met een of andere boerenhufter aan de gang bent. Daar was moord en doodslag van gekomen, reken maar!"

„Je beledigt mijn boeren komaf!" pruilde ze. „Dat mag je niet doen.'"

„Vergeef me!" Hij boog zich over haar heen en kuste haar. „Ik ben een grotere hufter dan al jouw boerenvriendjes bij elkaar. Maar van jou blijven ze toch mooi af. Vertel op, wanneer trouwen we?"

Annie schrok. Ze keek hem met grote ogen aan. „Wat zeg je?"

„Je hoort me. Vind je zelf ook niet dat wij nu onderhand daaraan moeten gaan denken. Ik wil geen tien jaar verkering met je hebben. Daar komen brokken van, reken maar! En dan zou jij je moeder horen!"

„Ik zorg wel dat het niet zover komt."

„Hoe dat zo...?"

„Ga ik jou niet aan je neus hangen. Maar wat dat trouwen betreft, ja, dat wil ik wel. Met jou!" Ze kuste hem op zijn neus. „Maar hoe zou dat moeten gaan. Wij hebben geen cent gespaard. Of heb jij…?"
„Ook niets. Nooit gelegenheid voor gehad. Ik zal tegen moeder zeggen dat ik kostgeld af ga geven. Dat hebben mijn oudere broers en zussen ook gedaan. Dus waarom ik niet? Maar het zal niet meevallen. Ik wil trouwens een motor hebben. Ik ben dat fietsen spuugzat."
„We spreken zo af. Jij gaat voor een motor sparen en ik begin aan onze uitzet. Dat is hier normaal, een meisje spaart een uitzet bij elkaar, of ze nu verkering heeft of niet. Eigenlijk moet ik dat aan mijn moeder vragen, want ik werk niet, dus ik verdien niets. Maar ze heeft altijd gezegd dat het wel in orde zou komen als de tijd ervoor rijp was. Hij is rijp!"
„Overrijp!" Jos trok haar naar zich toe, zijn handen gingen aan het dwalen. „Oh, wat een ellende. Dat wordt vast nog een jaar of wat wachten."
„En geduld hebben… en zuinig zijn! Ook op mij!" Ze ging rechtop zitten, schikte haar kleren. „Gedraag je, Jos de Vet! Ik ben niet zomaar iemand, ik ben je verloofde! Ja, kijk me maar aan met die dekselse ogen van je. Vanaf nu ben ik je verloofde. Maar we sturen geen kaartjes rond."
„Nee, zo gek zijn we niet. Maar je krijgt wel een ring van me. Komende weekeinde."
Ze kuste hem innig, trok hem toen overeind: „Kom joh! Gaan we het moeder vertellen!"
„Oh, wat zal die blij zijn," schamperde Jos.
Maar dat viel reuze mee. Sterker nog, ze was er nogal mee in haar nopjes. „Het wordt tijd. De mensen beginnen over jullie te praten. Het is ook niet fatsoenlijk, zo lang verkering te hebben zonder dat er een trouwerij in

het vooruitzicht is. Daar komen brokken van."

„Als je het aantal weekeinden bij elkaar optelt dat wij samen waren, hebben wij nog geen jaar verkering," meende Jos.

„Vertel mij geen sprookjes, kwajongen, die weekeinden tellen dubbel, wat mij betreft!"

„Nou ma, als je zó begint…"

„Het is zoals ik zeg. Ik ben ook ooit jong geweest. Wij spreken dit af; Jij praat met je ouders. Jij spreekt met hen af wanneer ze eens deze kant op komen. Daarna zal ik hen bezoeken. En nu jij," begon ze rechtstreeks tegen Jos. „Jij wil een motor? Jij zult hem hebben. Ga maar eens naar smid Faas in het dorp. Ik heb nog wat met die man te vereffenen. Wat, dat doet er even niet toe. Zeg hem dat ik je heb gestuurd en dat hij gauw eens langs moet komen om een oude kwestie te regelen."

„Wacht even… niet zo haastig. Wat heb ik met een oude kwestie te maken?"

„Alles, onder andere ook een motorfiets van mijn man zaliger. Die heb ik hem gegeven als een soort onderpand… het gaat je verder niet aan… er moest iets geregeld worden. Nu heb ik iets te regelen met hem."

Met een hoofd vol plannen fietste Jos die namiddag naar de smid in het dorp. Een nurkse, zuinig kijkende man.

„Mot je?" was alles wat hij zei toen Jos over de drempel stapte.

Jos zei dat vrouw Schilders hem had gestuurd en de toon van de smid werd wat vriendelijker.

„Vrouw Schilders, hè? Kijk aan, lang niks van gehoord."

„Nu hoor je van haar. Ik moet je vragen wanneer je eens langs komt. Het heeft iets van doen met een oude kwestie…"

„Zei ze dat? Een ouwe kwestie? Hm." Faas haalde zijn neus op, hij hanteerde een gore rooie zakdoek.
„Zei ze dat? Een oude kwestie?"
„Dat zei ze."
„Hm. Zeg haar maar dat ik een dezer dagen wel eens langs kom."
„Het kan weinig uitstel velen." Jos scherpte het verzoek wat aan.
„Jaja, ik begrijp het. Vandaag of morgen zal ik er zijn. Zeg haar dat maar."
„Zal ik doen, baas Faas," zei Jos.

En hij kwam, smid Faas, gewassen en geschoren en hij had zijn goeie goed aan. Jos en Annie waren erbij toen hij de grote woonkamer kwam binnenstappen.
„Goeiemiddag, samen!" zei hij en toen, direct naar de boerin: „Jij wilde mij spreken, Trees?"
„Zo is het, Daan," antwoordde ze. Ze gebaarde met haar hoofd naar het jonge stel, zo van: „Zij horen erbij."
„Het is goed," zei hij ten teken dat hij het begreep. Hij ging zitten. „Brand maar los, Trees!"
Nu, dat kon hij aan de moeder van Annie overlaten. Ze herinnerde hem aan de dag dat haar man, de vader van Annie, was komen te overlijden. Als vriend van vader had de smid zich daarbij gedragen. Hij stond de plotselinge weduwe bij van begin tot het eind. Bood zelfs aan haar hele gedoente voor een goede prijs over te nemen, zodat ze rustig kon gaan leven. De boerin had dat geweigerd, gezegd dat ze de boerderij op gang wilde houden, tenminste wat de beesten betrof. Bleef de kwestie van de akkers die braak kwamen te liggen.
Op dit punt aangekomen, zei Annies moeder: „Je hebt me toen uit de brand geholpen. Je hebt ervoor gezorgd dat ik mijn grond kon verpachten. En... en daar gaat

het nu over, Daan. Ik heb de maaidorsmachine en de karren en wat er zoal bijkwam overgedaan aan jou, op goed vertrouwen. Met gesloten beurs, zoals wij dat hier gewend zijn. En daar kwam nog iets bij, met een afspraak…"

„Dat jij ten alle tijde kon komen aankloppen om af te rekenen, Trees. Dat was een goede afspraak," beklemtoonde de smid. „Zeg mij wat ik van je moet verwachten en als het in mijn vermogen ligt, zal ik het inlossen. Spreek vrijuit!"

„Nou, voor mezelf verlang ik op dit moment niets. Maar die slungel daar wil met mijn dochter in zee gaan. Trouwen! Heeft nog geen cent op zijn ribben, maar dat kan wachten. Op de eerste plaats moet hij een vervoermiddel hebben. En dat heb jij… van mijn man."

„Komaan, Trees! Die rammelbak ligt allang op de schroothoop. Bedenk eens wat anders."

„Je hebt hem jarenlang kunnen gebruiken en dat heb je ook gedaan. En gelijk had je. Maar nu komt het op afrekenen aan. Hoe je dat doet, maakt mij niet uit, als het maar op een fatsoenlijke manier doet."

„Ik begrijp het." De smid zweeg, keek Jos peilend aan. „Ik kan hem een andere motorfiets geven. Maar dan moet er wel geld bij."

„Kan niet, heeft hij niet. Bedenk iets anders."

„De dorsmachine en het andere gerei…"

„Daar kan ik niets meer mee."

„Ik niet veel, maar ik kan proberen er een koper voor te vinden. En als dat mocht lukken… ik zeg als… dan kan ik wel voor een goede motorfiets zorgen… denk ik."

„Afgesproken," zei de moeder van Annie. Ze toonde haar open, vlakke hand en de smid tipte er licht op. „Het is besloten?"

„Het is besloten en goed!"

„Dan ga ik nu koffie zetten, ik heb er dorst van gekregen. Kom, An, we laten de mannen alleen, kunnen ze kletsen. Dat doen ze graag!"

Jos had er met Annie maar een beetje verloren bij gezeten. Nu hij met de smid alleen zat, werd het er niet beter op. Die zat met zijn stompe vingernagels op de tafel te tikken en om zich heen te kijken zonder ook maar een moment aandacht aan hem te besteden. Nu keek hij Jos wel aan.

„Dus jij komt straks met de motorfiets naar hier," veronderstelde hij. „Ook niet mis, zomer en winter."

„Ik zal eraan moeten wennen," zei Jos.

„Ja, jong, als je het ver gaat halen, terwijl je het ook bij je in de buurt kunt vinden, dan vraag je om dit soort problemen. Hoe ben je zo aan Annie gekomen, zo ver van huis?"

„Och, ik kwam toevallig voorbij en toen dacht ik..."

„Kip, ik heb je!" Het gezicht van de smid toonde een vettige lach. „Gelijk heb je Annie mag er wezen en ze is een goede partij. Ja ja!" Hij knikte nadrukkelijk. „Een goede partij, dat zeg ik je. De boerin zit er niet slecht bij. Alleen het gedoente al, de grond, ik weet niet hoeveel bunders groot.

Een groot goed is een groot kapitaal. Jij hebt met Annie een goede partij te pakken, dat zeg ik je."

„Is dat toch waar," deed Jos onverschillig.

„Neem je haar mee?"

„Hoe bedoel je?"

„Nou, ik zou zo zeggen... Er zal toch nog wel eens getrouwd worden, neem ik aan. Waar ga je dan wonen?"

„Oh, daar hebben we nog niet over nagedacht."

„Moet je toch niet te lang mee wachten. Als ik jou was..."

„Wat dan?"

„Als ik jou was, kwam ik hierheen."

„Waarom?"

„Nou... ik dacht zo... vrije kost en inwoning, getrouwd met een vrouwtje dat een kapitaal te erven heeft. En werk voor jou? Waarom geen boer? Jij lijkt mij er een vent voor."

„Fout, ik studeer techniek, werk in een machine-fabriek, ik probeer hogerop te komen, weet je. Wat moet ik dan hier zoeken?" De ogen van Faas vernauwden zich; „Jij zoekt het hogerop!?"

„Zo zou je het kunnen noemen."

Hun gesprek werd onderbroken door de komst van de koffie. Er werd verder niet op doorgepraat. Maar toen Faas op het punt stond te vertrekken, zei hij tegen Jos: „Kom over een paar dagen even bij mij langs. Misschien heb ik dan wat voor je. En een beetje praten. Je weet nooit waar het goed voor is."

„Over een paar dagen... ik zal er zijn," beloofde Jos.

Toen Faas de deur achter zich had dichtgetrokken, vroeg de boerin: „Wat valt er te praten tussen jullie tweeën?"

„Ik zou het niet weten, al sla je me dood," bekende Jos. Ook tegen Annie moest hij bekennen dat hij niet wist wat de smid met hem te bespreken zou kunnen hebben. Maar de woorden van Faas hadden hem wel aan het denken gezet.

Jawel, trouwen, dat waren Annie en hij vast van plan. Maar wat dan? Faas had het al aangeroerd. Waar zouden ze gaan wonen? Niet bij Jos in de stad, dat was zo zeker als wat. Op de eerste plaats was daar geen woonruimte te krijgen voor een pasgetrouwd stel. En op de tweede plaats, en dat was van nog groter belang, Jos wist dat hij Annie nooit bij haar moeder vandaan zou kunnen halen. Hij had er al wel eens zo tussen neus en lippen door over gesproken, maar daar viel niet over te praten.

„Mijn moeder alleen hier in de boerderij laten zitten? Geen sprake van, nog voor geen honderd vrijers al heetten ze allemaal Jos de Vet."

„Ja, maar, je kunt toch niet eeuwig hier blijven? Je wilt toch met mij verder, of niet soms?"

„Met jou én met moeder. Hoe en waar, daar moet maar een mouw aan gepast worden, maar ik laat haar niet in de steek."

„Ja, maar, liefste, ik heb mijn werk in de stad. Ik heb daar een goede baan en met een beetje geluk krijg ik bij die baas betere kansen dan bij wie ook. Ik kan daar hogerop komen."

„Jij klimt maar, het siert je, schat! Zolang je van mij maar niet het onmogelijke vraagt."

„Je moeder kan hertrouwen," waagde Jos. „Dat zie je tegenwoordig wel meer. Mensen blijven minder vaak alleen als ze een partner hebben verloren…"

„Moeder heeft niemand verloren! Vader is doodgegaan. Die is niet verloren geraakt, noch vergeten. Zeg zulke stomme dingen nooit meer!"

„Nou ja, het was maar een suggestie."

„Een stomme suggestie. Bedenk eens wat anders."

„Ik zou het niet weten. Waar vind ik hier in de buurt net zo'n goede baan als bij Wisdom? Ik kan toch niet…"

„Misschien heeft Faas wel een goede motor voor je."

„Je bedoelt… heen en weer rijden? Dat is heel mooi, in het weekeinde. Maar elke dag, door weer en wind, zomer en winter? Je verwacht nogal wat van mij, vind je niet, liefste?"

„Verwacht ik te veel?"

„Dat hoor je mij niet zeggen."

„Nou dan…"

Jos capituleerde: „Met jou kun je niet praten!"
Maar in zichzelf zat hij te mopperen. Het was ook nogal
wat zeg. Hij wilde dolgraag met Annie trouwen, liever
vandaag dan morgen. Maar de vraag waar ze hun nest-
je zouden inrichten, liet zich niet een-twee-drie beant-
woorden. Het liefste zou Jos zijn bruid meenemen naar
de stad waar hij geboren en getogen was. Maar hij wist
dat het hem nooit zou lukken om Annie van huis en
haard weg te krijgen. En in zijn hart kon hij haar ook
geen ongelijk geven. Hij hoefde niet lang na te denken
om zich te realiseren dat zij haar moeder nooit alleen
zou achterlaten. Niet voor hem of voor welke bruidegom ook.

De keuze van de huisvesting stond dus al bij voorbaat
vast; In elk geval in het dorp, liefst nog onder moeders
dak. En ook dat was logisch, want er was volop woonruimte in de boerderij en bovendien trok dat Jos wel
aan. Hij had iets van met plattelandsleven, zo met los-
hangend vest en met stro in de klompen ronddalven,
fluitend naar de zon.

Maar ook dat was een droombeeld dat niet klopte met
de werkelijkheid. De boerderij draaide nog, onder de
onvermoeibare inzet van Annies moeder én van Annie
zelf. Een mannelijke kracht werd elke dag gemist. En
Jos wist wat dat betekende. De zaterdag en ook de zondag zouden in het teken staan van het aanpakken en
handen uit de mouwen om de door de week opgelopen
achterstand in te halen.

En het betekende meer. Bij Wisdom en Zonen in de
stad had hij in enkele jaren een goede betrekking opgebouwd. Hij had zijn diploma's gehaald, mocht zich
sinds kort tekenaar-constructeur noemen. En hij had
het in zijn kop gehaald om verder door te leren. Hij

wilde hogerop, hij wilde zich specialiseren. De ontwikkelingen in de metaalindustrie gingen zo razendsnel, mede door de inbreng van de Amerikanen na de oorlog, dat het bijna niet meer bij te benen was. Alles veranderde, alles werd moderner van aanpak. En Jos haakte daar op in, hij was leergierig, hij wilde vooruit. Een huwelijk nu, zou zijn plannen behoorlijk dwarsbomen, dat wist hij maar al te goed. Maar hij was te gretig naar Annie, zijn liefde voor haar groeide boven alles uit. Hij moest zich dwingen om realist te blijven en nuchter na te denken.

En wat viel er te bedenken? Als zij trouwden – en daar kwam het van, oh ja, dat stond vast – betekende dat: werken in de stad en wonen op de boerderij. Aangenomen dat hij een motor of brommer op de kop kon tikken, betekende dat toch nog elke morgen en avond drie kwartier door weer en wind puffen. Wat niet erg behoefde te zijn, mits het weer meewerkte. Ons nietige land was nu eenmaal een land van seizoenen, goed en bar en boos.

Daar zag Jos niet tegenop, maar hij vreesde dat hem niet meer de tijd zou gegund worden om te studeren. Tot de enkels in de mest met een wiskundeboek in de hand. Zoiets zou het worden. En dat hoefde geen belemmering te zijn. Maar een aanlokkelijk beeld was het evenmin.

Jos aarzelde dus en in die gemoedsgesteldheid ging hij op bezoek bij smid Faas.

Faas was een ouderwetse smid. Hij was een gedegen vakman die perfect op zijn plaats was tussen de boeren van de wijde omgeving. Hij kende geen boekengeleerdheid, maar gaf hem een staaf ijzer in de hand en hij maakte ervan wat men van hem vroeg. Bovendien was hij om de bliksem niet dom. Hij wist wat er gaande was in de wereld. Een unicum misschien voor een man in zo'n klein benepen dorp, maar het was zo. Faas de smid had zelfs al televisie in huis, als enige van het hele dorp. En met deze man ging Jos de Vet praten.

Wat had Faas gezegd? „Je weet nooit waar het goed voor is." Dat had hij gezegd en Jos had geen flauw benul notie wat de man daarmee bedoelde.

Misschien probeerde hij wel onder de afspraak met de moeder van Annie uit te komen. Maar wat had Jos daarmee te maken? In wezen geen bliksem. Jos trof de smid waar hij hem kon verwachten, in zijn werkplaats. Een beetje uit zijn krachten gegroeide smederij, want er stonden een paar machines die je daar niet zou verwachten. Een knots van een draaibank, ja die was daar wel op zijn plaats. En een kolomboormachine en een grote slijpsteen eveneens. Maar daar stond, met een grote lap er overheen een degelijke kotterbank. En er was ook nog een kleine automatendraaibank, voor het fijnere werk. En dat in een boerensmederij? Faas zag die grote knaap uit de stad met opgetrokken werkbrauwen kijken.

„Had je niet verwacht, hè, jochie. Dat is spulleke, jong!"

„Ja, dat zal wel," deed Jos onverschillig. „Maar wat moet je ermee?"

„Jij wilt zeggen, wat moet een boerensmid met dat spul? Dat is een goede vraag, weet je dat. Het antwoord weet ik zelf niet eens. Ik heb het gekocht, voor een appel en een ei, op een beurs. Nu staat het hier en het loopt niet weg. Het is mijn speelgoed voor later, zullen we maar zeggen."

„Uh?"

„Dat begrijp jij niet. Ik kan het me voorstellen. Maar dan kunnen we beter naar binnen gaan. Bij een bak sterke koffie valt er makkelijker te praten."

Binnen, dat was in zijn keuken waar een groot fornuis stond, een dikbuikige kast en een lange tafel met wat stoelen eromheen. Faas stelde zijn vrouw met een zwaai van zijn hand aan Jos voor. „Dat daar is de baas van alles," zei hij losjesweg. „Mijn vrouw. Dat zouden jullie in de stad zeggen. Wij zeggen hier het wijf of ons wijf. Dondert niet, als het beestje maar een naam heeft. Krijgen we koffie, Mien?" De vrouw bleek dus ook nog een gewone naam te hebben.

„Als je geduld hebt," reageerde ze kort met een hoofdknik naar Jos. „Wij hebben de tijd."

Faas maakte plaats op de tafel die vol rommel lag. „Ga zitten, vrijer van Annie Schilders. Dan kunnen wij kletsen."

„Bijvoorbeeld over mijn motorfiets," waagde Jos.

„Komt ter sprake, maar niet meteen. Eerst even iets anders. Je hebt dat spul gezien in de smederij. Jij zit ook in het vak, als ik het goed heb begrepen. Zou jij met dat gerei uit de voeten kunnen?"

„Och, ik kan wel een beetje draaien en een kotterbank is mij ook niet vreemd. Maar veel verder reikt het niet. Ik ben geen allround vakman. Ik sta op een tekenkamer."

„Aha! Als duvelstoejager zeker?"

„Nee, als aankomend constructeur," zei Jos, een beetje op zijn tenen getrapt. Hij bond meteen weer in. „Ik ken mijn vak, als je dat soms wilt weten."

Faas gromde. „Ik had niet anders verwacht. Jij bent een wakkere knaap. Jij komt er wel." Toen, na enkele ogenblikken van stilte: „Je zou mijn zoon moeten zijn."

„Ik bedank voor de eer. Ik wil je niet beledigen, maar ik heb zo mijn eigen ideeën…"

„Niet zo gauw aangebrand zijn, knakker! Ik bedoel het goed met je."

„Ik kom enkel informeren naar mijn motorfiets."

„En ik wil met je praten, verdorie nogantoe!" De vuist van de smid kwam als een moker neer op de tafel. „Ik heb plannen in mijn gekke kop sinds ik jou voor het eerst heb gezien en gesproken. Daar ga jij naar luisteren, of je wilt of niet."

„Als het zo moet, geloof ik dat ik beter kan opstappen!"

„Jij blijft zitten en jij luistert. Daarna kun je opduvelen als je wilt. De kwestie is deze..."De smid leunde achterover, haalde diep adem. „Ik zoek al een poosje naar een handige man die met die machines van mij uit de voeten kan. Niet voor vast, niet als mijn knecht. Maar ik betaal er wel voor. Ik vraag je: ben jij in staat om dat gerei van mij gebruiksgereed te maken? Zodat ermee gewerkt kan worden, bedoel ik!"

„Oh? Bedoel je dat?" Jos sloeg meteen een andere toon aan. „Ja, ik denk wel dat mij dat zou lukken, als je mij de tijd gunt. Maar ik begrijp niet... Je hebt een smederij, niemand verwacht nog van jou dat jij..."

„Een machinefabriek zal beginnen? Ha! Wat een bak! Te mooi om waar te zijn. Nee, ik wil de smederij uitbreiden met wat extra machines zodat ik niet voor elk wissewasje naar een ander moet. Begrijp je me?"

„Ik begrijp het."

„Dan is het goed. En wil je dat ook voor mij doen? Dat aansluiten en bedrijfsklaar maken en zo. Zoals ik je al zei, ik betaal je vorstelijk."

Jos aarzelde. Een beetje extra geld was nooit te versmaden.

„Ik kan alleen ik de weekeinden."

„Met een motor ben je vlot heen en weer."

„Ik heb nog geen motor!"

„Binnen nu en een week heb jij je motorfiets! Nou?"

„Dan ben ik je man!" zei Jos. En hij besefte op dat moment niet hoezeer hij gelijk had.

Annie keek een beetje zuinig toen hij het haar vertelde. „Hoe wil jij dat combineren?" vroeg ze wijs. „Je hebt je werk daarginds bij jou in de stad. Je komt in het weekeinde over. In die ene enkele dag ga je voor Faas staan werken. Wat blijft er dan nog over voor mij?"

„Je praat over de huidige situatie," zei Jos. „Ik heb ook niet tegen Faas gezegd dat ik meteen voor hem aan de slag ga. Eerst moet hier het een en ander geregeld worden. Want je hebt gelijk, die paar uren die ik in het weekeinde bij je kan zijn, ga ik niet verprutsen bij de smid. Hij zal dat moeten begrijpen. Pas als ik mij hier heb gevestigd…"

„Als wij getrouwd zijn!" begreep Annie en ze klapte in haar handen. „Oh, jij bent een uitgekookte vent, jij, Jos de Vet! Door voor Faas te gaan karweien heb jij meteen iets omhanden dat nog geld oplevert bovendien. Het mes snijdt aan beide kanten, zogezegd!"

„Heb je het in de gaten, schat van me!" zei Jos en hij omhelsde haar. „Maar nu is het wel een kwestie van spijkers met koppen slaan. Wij gaan trouwen, zo snel mogelijk! Deze week heb ik mijn motor, Faas heeft mij dat beloofd. Ik kan dus als ik wil meteen al heen en weer naar mijn werk rijden. Dat geeft mij de gelegenheid om alles te regelen. Hoef ik niet alles aan jou over te laten! Hiep hiep…"

„Hoera!" Annie kuste hem vol op de mond. „Gekke vent van mij!"

„Lekker stuk van mij!" reageerde Jos vurig. Hij was even tot alles in staat. Maar hij kreeg de ruimte niet, want Annies moeder kwam net op dat moment de kamer in.

„Een beetje minder kan ook wel," vond zij.

„Vrouw Schilders, ik wil je meteen maar zeggen dat wij gaan trouwen!".
„Dat wist ik toch al. Hoe is het gegaan bij Faas?"
„Goed. Alles is geregeld. Hoe of wat dat vertel ik nog wel. Kwestie is dat wij nu echt op korte termijn willen trouwen."
„Mijn zegen hebben jullie! En jij komt hier wonen?"
„Als je het goedvindt."
„Ik verlang niet anders!" De boerin keek haar dochter met twinkelende ogen aan. „Weet waar je aan begint met die kwibus!"
„Ik denk dat ik dat wel weet, moeder!"
„Dan is het goed!"

Thuis moest Jos de boodschap ook overbrengen. Maar daar was het niet zo'n opmerkelijke gebeurtenis die hij ging aankondigen. Er waren inmiddels al enkele broers en een paar zussen van hem getrouwd.
„Dit huis is net een duiventil," zei vader wel eens. „De zonen brengen een griet mee en daar gaan ze na verloop van tijd mee trouwen en de meiden van ons tikken een kerel op de kop waarmee zij zich in het verderf willen storten. Onbegrijpelijk, als je het mij vraagt."
„Net zo onbegrijpelijk is het dat ik het heb gewaagd om met jou in zee te gaan," zei moeder dan. „Zeg me niet dat ik met jou een lot uit de loterij heb getrokken!"
„De hoofdprijs!" zei vader en toen grijnsde hij.
Hoe dan ook, de trouwerij van Jos was toch weer iets anders dan gewoon. Tenslotte verliet hij voor zijn bruid het ouderlijk huis en dat was toch wel heel bijzonder.
„Weet je wel zeker dat het goed is waar je aan begint, jongen?" vroeg moeder bezorgd.
„Heel zeker, moeder. Maak je maar niet ongerust."
En van vader kreeg hij te horen: „Doe ze daarginds in

dat boerengat de groeten, kerel! Toon dat je een echte zoon van je pa bent."

„Ik zal eraan denken, vader," zei Jos op bedenkelijke toon.

Hij liet de vermaningen en de wat schampere opmerkingen van zijn broers en zwagers over zich heenkomen. Hij had daar zo zijn eigen gedachten over. Intussen had hij wel andere zaken aan zijn hoofd. Die hadden alles te maken met het aanbod van Faas. Jos zag kansen, maar hij wilde zijn werk bij Wisdom in de stad niet in de war laten schoppen door een paar onnozele klusjes voor een dorpssmid. Ook al leverde hem dat een motorfiets op.

En die kwam er, de week daarop al. Faas hield zijn woord. Het was geen nieuwe motor, maar dat had Jos ook niet verwacht. Het was een gave, zachtglanzende CZ met een extra zadel voor een pasagier. Op zijn beurt ging Jos zijn voelhorens zo links en rechts eens uitsteken. Hij ging naar het dorpscafé, dat 'De Molenwieken' heette en daar leerde hij in korte tijd een handvol mensen kennen die hem ook wel zagen zitten. Het leverde hem een lichte beneveling op en als afsluiting een bonkende hoofdpijn. Maar hij was er ook achter gekomen, dat er een melkfabriek in het nabijgelegen dorp bestond, waar ze zo nu en dan stonden te schreeuwen om technische bijstand. Bijstand die er niet was en die van verre gehaald moest worden, vanuit de stad. Met alle strubbelingen en niet te dulden oponthoud vandien.

Jos knoopte alles goed in zijn oren, dat kon van pas komen! Maar eerst moest er getrouwd worden!

HOOFDSTUK 8

Naar goed gebruik werd de bruiloft bij de bruid thuis op het erf gevierd. Daarvoor werden staldeuren uit hun hengsels getild en op schragen gelegd. Er werd een varken geslacht en er ging een handvol kippen de pan in. Er werd gekookt en gebakken en de slijter bracht een stevige lading drank.

De moeder van Annie wilde aan iedereen duidelijk maken dat ze absoluut geen zielige, eenzame vrouw was. Haar dochter liet haar niet in de steek! Ze kreeg er warempel een schoonzoon bij! En dat moest gevierd worden! Het was een verheugende gebeurtenis voor de vrouw die al zoveel klappen had moeten verduren. Ze was een trotse moeder waarmee men geen medelijden moest hebben!

Het werd dan ook een schitterende bruiloft. De familie van Jos kwam met een afgehuurde autobus. Zij brachten de bruidegom mee. Laat in de avond zou die bus hen weer komen ophalen. Behalve de bruidegom natuurlijk! Maar dat was van later zorg. Grotere zorg was geweest om vader en moeder in die bus te krijgen. Vooral vader had zich heftig verzet.

„Liever nog ga ik bij onze Jos achter op de motor!" riep hij uit.

Maar Jos ging die dag niet met de motor. Dus kwam het er toch van dat een flink tegenstribbelende moeder en een heftig mopperende vader zich in de bus lieten loodsen. En toen het gevaarte zich eenmaal in beweging had gezet, bleek het nog reuze mee te vallen.

Die bruiloft, ach, wat valt erover te zeggen. Het liep allemaal van een leien dakje met een plechtige mis vooraf en met veel eten en drinken na. Jos was licht aangeschoten toen hij laat in de avond zijn familie nawuifde

„Kom, we gaan naar bed!" zei hij met aandrang tegen Annie.

„Even moeder helpen, een beetje opruimen," zei ze, toch wel nerveus. Maar moeder wilde van geen hulp weten.

„Morgen is er weer een dag. Ophoepelen jullie twee!" En ze hoepelden op. Zwijgend gingen ze hand in hand de steile trap op naar boven. Daar liet Annie de wat gekreukelde japon van haar slanke schouders glijden. En Jos slaakte een kreunende kreet van genoegen! Verder willen we er niets over te zeggen. Degenen onder ons die ooit in zo'n zelfde toestand hebben verkeerd. hoeven wij niets te zeggen. En zij die het nog niet hebben meegemaakt... die moeten hun beurt maar afwachten...!

Jos deed zijn ogen open en staarde even naar het raam. Het vroege zonlicht wierp zijn stralen door het vensterglas. De gesloten gordijnen filterden het licht tot een zacht pastel dat de hele kamer vulde.

Jos keek naast zich en hij zag Annie met gesloten ogen diep weggedoken in het hoofdkussen. Er parelden kleine druppeltjes zweet op haar bovenlip, een tere blos kleurde haar wangen.

Jos kreunde bijna van verrukking. Wat een rijkdom! Het was bijna niet te vatten. Zijn hand ging naar dat aandoenlijk, lieve gezicht. Hij aarzelde. Toen raakte hij haar wangen aan, zacht, met de toppen van zijn vingers. Ze opende meteen haar ogen, ze zag hem en ze glimlachte flauwtjes. „Dag deugniet!" lispelde ze zacht. „Goed geslapen?"

„Amper," loog hij vlot. „Hoe zou ik kunnen?" Hij trok haar naar zich toe. „Mijn verlangen is nog net zo vurig als gisteravond."

„Ja, praatjes maken kun je. Maar bewijzen…"

„Kom hier!" Hij wilde haar grijpen, maar ze glipte uit het bed. „Alles op zijn tijd, jochie. Het is nu tijd om op te staan!"

„Ja, maar ik moet…"

„Jij moet niks,

„Jawel, ik moet mij beheersen," zei hij sip. „Ik moet opstaan en me aankleden alsof ik niet voor de eerste keer in mijn leven wakker ben geworden met een bloedmooie vrouw naast me. Pestkop die je bent!"

Annie glimlachte minzaam: „Wij hebben nog een heel leven voor ons, mooie jongen. Zeur dus niet en kom uit je nest!"

Ze nam een kussen en gooide dat naar zijn hoofd. Hij ving het op en wilde het teruggooien, maar ze was de kamer al uit. Even later hoorde hij water klateren als van een heldere beek.

Hij kwam overeind en stond op. In zijn blootje ging hij, toch wel een beetje verdekt opgesteld, voor het raam staan en keek uit over de velden. „Dat is mijn ochtend-groet." mompelde hij. „En dat zal zo blijven. Zal ik eraan wennen? Ja, verdorie! Ja! Met Annie bij me kwam mij niets gebeuren. Kom op, sufferd, sta niet te dromen! Aan de slag!"

Amper een uurtje later ging hij naar Faas. Nee, niet op de motor, maar te voet. Een ochtendwandeling zal mij goed doen, hield hij zichzelf voor. De smid zag hem aankomen en kwam hem tegemoet tot bij de deur van zijn werkplaats.

„Je bent mij dus niet vergeten," zei hij met een tevreden hoofdknik… Kom binnen en maak je niet te smerig. Ik

wil geen bonje krijgen met je kersverse, mooie vrouwtje. Want dat is ze, sapristie! Misschien wel de mooiste
van het dorp."
„Van het land," glunderde Jos... Nou, zullen we eens
kijken wat er zoal gedaan moet worden?"
Daar hoefde niet veel woorden meer over vuilgemaakt
te worden. De machines die daar onder de vette lappen
op arbeid stonden te wachten, moesten gefundeerd
worden en aangesloten.
„Je weet wat ik heb gezegd," zei Jos. „Ik kan dit wel,
maar niet alleen. Er moet gehakt en gegraven worden.
Er moeten funderingen worden gestort, stroom aangesloten. Allemaal klussen die ik aan een ander moet
overlaten. Ik kan je alleen vertellen hoe je de machines
het beste kunt plaatsen. Mijn werk blijft beperkt tot
toezichthouden en als alles klaar is, proefdraaien. Dat
is de afspraak."
„Je zou ook gaan praten met de coöperatie. Klanten
binnenhalen."
„Dat wil ik graag doen, maar jouw stem is in dit geval
van meer belang dan die van mij. Ik kom hier pas kijken, begrijp dat goed."
„Al goed. Ik zal je namen geven van boeren waarmee ik
door de jaren heen heb samengewerkt. Betrouwbare
mensen. De rest is jouw pakkie-an!"
Jos schudde zijn hoofd. „Het klinkt alsof ik bij jou in
dienst ben gekomen, maar zo ligt het niet. Begrijp dat
goed, Faas. Je hebt mij een toffe motor bezorgd, dat is
zeker waar. Maar dat is een afrekening tussen jou en
mijn schoonmoeder. Vanaf nu praten wij over zaken. Ik
zorg dat je machines gaan draaien. Wat daarop volgt – of
mogelijk kan volgen – dat is een apart verhaal. Kunnen
we het zó afspreken, Faas, dan ben ik je man. Anders
even goede vrienden, maar dan gaat het feest niet door."

„Potverdomme. Jij begint knap op je schoonmoeder te lijken, dat moet ik zeggen. Maar goed, als jij net zo betrouwbaar bent, vind ik het best!"

„Klussen voor jou is voor mij nog geen zeker weten. Het hangt ervan af wat het is en of ik het aankan. Dat zal duidelijk zijn!"

De smid hief zijn hand en Jos sloeg toe. Alsof hij op een basaltkei sloeg.

De banden met thuis, met vader en moeder, veranderden. Dat laat zich verstaan. Elke morgen scheurde hij nu vanaf de boerderij naar de stad op zijn CZ, naar Wisdom en zonen en laat in de middag, na werktijd, sjeesde hij weer terug naar zijn geliefde Annie. Alleen op zaterdag ging hij even bij zijn ouders langs, om de laatste nieuwtjes te horen.

Soms ging Annie mee, soms ook niet. Het lag er maar aan of er veel te doen was op de boerderij. Eerlijk gezegd had ze er ook niet zo'n behoefte aan om achterop de motor te kruipen. Ze stond liever met beide benen op de grond.

Op een zaterdag wachtte Jos een aangename verrassing toen hij thuiskwam. Er stond een brief op de buffetkast met een vreemde postzegel. De brief kwam uit Israël en de afzender was Nathan Slieger. Om de een of andere reden ontroerde de brief Jos nog voor hij hem had gelezen. De oude Nathan was niet zo vaak meer in zijn gedachten, er waren immers alweer zoveel dagen, weken, maanden en jaren overheen gegaan sinds zij afscheid van elkaar namen. En nu lag er deze brief. Er zat een foto bij de brief waarop de oude man stond in een wijd uitwaaiende kaftan en met een grote hoed op zijn hoofd.

„Bij de kibboets" stond er achterop gekrabbeld. Hij

schreef dat hij zo benieuwd was naar het reilen en zeilen van zijn jonge vriend, wat er van hem was geworden en of hij zijn zakmes met de davidster nog had. Hij roemde het land waar hij zijn laatste jaren sleet en hij zei dat het hem enkel speet dat hij niet in staat was geweest zijn hele leven daar te zijn. Hij herhaalde zijn belangstelling voor Jos en hoe het nu met hem ging en drong eropaan hem te schrijven en alles te vertellen wat er gepasseerd was in de tijd nadat ze elkaar voor het laatst gezien en gesproken hadden.

„Dat ga ik zeker doen!" nam Jos zich stellig voor.

Maar voorlopig kwam het daar niet van. Hij was intussen volop bezig bij Faas, bijna elk uur waarop hij vrij was. Het werk schoot goed op, vooral omdat Faas gezorgd had voor een hulp. Een jonge knaap die in de bouw werkte en die alles wist van cement mengen en dat soort zaken. Dat was ook wel nodig, want om alle machines goed te kunnen opstellen moesten er nieuwe funderingen worden gestort. Ook voor dat oude bakbeest, de draaibank, voor de kolomboormachine en voor de slijpsteen. Jos had zich voorgenomen alles een logische opstelling te geven en dat betekende dat de hele vloer van de smidse eraan moest geloven. Faas stribbelde eerst wat tegen, vroeg zich af of dat nu echt wel zo nodig was, maar Jos haalde hem over.

„Je had een smederij, je krijgt er nu een kleine machinewerkplaats voor in de plaats. Dat is jouw keuze, niet de mijne. Als je mij mijn gang laat gaan, komt dat allemaal dik voor elkaar. Doe je het liever zelf, mij ook best."

„Nee, nee," deinsde Faas terug. „Ga je gang, ik zeg al niets meer."

Er gingen drie weken voorbij waarin Jos geen enkele vrije minuut kende. Hij klom 's avonds met krakende botten in bed en stond in de vroege morgen kreunend op.

Annie klaagde haar nood: „Mooie echtgenoot ben jij. Ik had net zo goed met een oude kerel kunnen trouwen. Je hoeft mij niet te ontzien, hoor! Ik ben je vrouw en ik ken de spelregels. Tenminste, dat denk ik."

„Het spijt me, schat," zei Jos. „En je hebt helemaal gelijk. Maar wat wil je? Ik heb dit nu eenmaal met Faas afgesproken en ik wil het zo gauw mogelijk achter de rug hebben. En als ik bij hem klaar ben... ik zeg als dit karwei er opzit... zal ik je alle aandacht schenken die een jonge, betoverend mooie bruid verdient. Dat is een belofte!"

„Ik hoop het waar te nemen," schamperde Annie.

En Jos zette er vaart achter. De dag brak aan waarop de machines geplaatst konden worden. Faas liet een aantal stevige kerels komen om alles vlot en zonder problemen op z'n plek te krijgen. Met een lier die ze over de hoge balken van de smidse sloegen, werden de loodzware machines één voor één opgetild en op hun nieuwe fundering gezet. Jos zorgde dat alles goed waterpas kwam te staan en daarna met de ingegoten keilbouten muurvast werd gezet. Faas had een vat bier laten brengen en dat lag nu te wachten op een paar schragen op het erf. Toen alles achter de rug was, sloeg Faas het vat bier aan alsof het zijn dagelijks werk was. Het bier smaakte prima!

Het was de eerste keer in zijn leven dat Jos uitgeput en aangeschoten thuis kwam. Annie mopperde niet, ze begreep het. Ze stopte hem onder de wol en liet hem zijn roes uitslapen.

Toen hij nog een beetje dizzy van de trap kwam, zei ze nog niets. Maar later op de avond, toen de roes een beetje gezakt was en hij als een uit zijn krachten gegroeide baby op bed lag, zei ze liefjes: „Schat van me! Mag ik je eraan herinneren dat je een vrouw hebt getrouwd. Ze is hier, bij je! Wat dacht je ervan?"

„Ik wil niet denken," zei Jos en hij trok haar naast zich.

„Je man is weer helemaal paraat! Je bent gewaarschuwd!"

„Oh jee! Moet ik nu bang worden?" Ze beet in zijn oor.

„Voor geen honderd mannen zoals jij! Jij met je grote mond."

Hij sloot de hare met de zijne en verder liet hij zijn opgekropte verlangen de vrije teugels. Het werkte als balsem voor zijn lichaam!

Het was, anders dan hij had verwacht, een druk bestaan. De routine van het dagelijks op en neer rijden naar zijn werk bij Wisdom in de stad was nog wel om te doen. Hij was het gewend en als het weer een beetje meewerkte was zo'n ritje op de motor in de vroege morgen en de late middag best plezierig. Maar thuis wachtte er ook werk dat gedaan moest worden. Annie betrok hem bij het werk op de boerderij, zij wilde dat hij er deel aan had.

„Je weet nooit waar het goed voor is," zei ze als hij naar het waarom vroeg.

En zo leerde Jos de koeien melken, de stallen schoonhouden, voer aansjouwen en wat al niet. En als hij daar laat op de avond mee klaar was, had hij het soms helemaal gehad. En in de weekeinden ging het net zo. Een boerderij is nu eenmaal een continubedrijf, er is altijd werk te doen. Bovendien legde Faas beslag op hem. Hij had het kunnen weten. De werkplaats had hij niet voor niets om laten bouwen. Faas was niet op zijn achterhoofd gevallen. Hij vertelde Jos dat hij goede contacten had met de coöperatie. Alle boeren uit de omgeving waren erbij aangesloten. En zij hadden op zijn tijd allemaal hun klachten en wensen, die enkel opgelost konden worden met deskundige hulp. Eenvoudig gezegd hadden zij niet zo vaak meer een hoefsmid nodig, maar een handige machineman, iemand die even een tap aan een afgebroken as kon draaien en dat soort eenvoudige klussen.

Wel, Faas had nu de mogelijkheden om dat soort klussen te klaren, alleen miste hij de kennis om met zijn machines om te gaan. Hij deed het wel, natuurlijk deed hij dat, maar het was en bleef toch tobben. En het lag voor de hand dat hij weer bij Jos aanklopte om hulp.

„Jij bent onderlegd in die dingen," fleemde hij. „Jij hebt op een werkplaats met die machines gewerkt, je hebt er voor leren tekenen en construeren. Voor jou zijn de klusjes die ik op moet knappen een fluitje van een cent, voor mij niet. Dus…"

„Dus jij verwacht van mij dat ik bij jou weer aan de draaibank en de kotterbank ga staan?" vroeg Jos. „Vergeet het maar gauw. Ik prakkiseer er niet over. Ik doe jou een ander voorstel. Jij neemt een pientere leerling aan voor de zaterdag. Op de zaterdagmiddagen zal ik die knul leren met de machines die bij jou staan te werken. En ik wil er ook wel bij blijven om te zien of alles van een leien dakje gaat. Maar daar blijft het bij. Afgesproken?"

„Ik vraag niet beter," zei Faas.

En zo had Jos er toch een baantje bij gekregen. Een baantje bovendien dat hem zeker zo goed beviel als het werk op de boerderij. In het werkplaatsje van Faas voelde hij zich heer en meester. En met de jongen die Faas inhuurde viel best te werken. Jan van de Boom heette de knaap en hij was naar de ambachtsschool geweest. Een jonge lotgenoot van Jos dus.

Jan wist niet veel en het weinige dat hij op school had opgestoken, was hij grotendeels weer vergeten. Maar hij had een paar willige handen aan zijn slungelig lijf en hij wilde wel werken. Het gevolg was dat Faas de smid voortaan service kon leveren die tot voor kort onmogelijk was. En het gevolg daarvan was weer dat de boeren uit de omtrek hem wisten te vinden. De goedwillende Jantje van de Boom kon die klusjes niet meer op een zaterdagmiddag klaren. Zelfs niet als Jos meewerkte. Jos deed dat omdat hij inzag dat de zaak anders spaak zou lopen.

Weer probeerde Faas er munt uit te slaan.

„Waarom zou je toch heen en weer naar de stad blijven rijden als je kostje hier gekocht is. Ik betaal jou wat jij in de stad verdiend."

„Nu nog wel," zei Jos gemoedelijk, maar over enkele jaren niet meer. Dan ben ik hoofdconstructeur of misschien wel bedrijfsleider bij Wisdom en zonen. Nee, Faas, daar heb ik al die jaren op aangestuurd en dat ga ik voor jou niet opgeven. Ik zou een dief van mijn eigen portemonnee zijn, als ik het wel deed."

„Ik neem jou op in de zaak!" zei Faas met veel bravoure.

„En mijn toekomst naar zijn mallemoer," zei Jos. Hij deed het niet.

Het was in die tijd dat Annie hem verraste toen ze op een morgen voor de spiegel naar haar figuur stond te kijken.

„Wat heb je? Buikpijn?" vroeg Jos bezorgd.

„Nog niet, maar het zal er wel van komen, denk ik," zei ze olijk.

Jos begreep het niet meteen, maar toen hij de schalkse uitdrukking op haar gezicht zag, begon het hem te dagen.

„Weet je het zeker, lieve schat?" vroeg hij terwijl hij haar omarmde. „Natuurlijk weet ik het zeker. Daar heb ik geen dokter voor nodig. Wij gaan een kindje kopen en ik ben er blij om. Jij toch ook?"

„Ik? Ja, natuurlijk! Natuurlijk ben ik er blij om. Omdat jij er blij mee bent."

„Maar niet voor jezelf? Doet het je niets?" vroeg ze teleurgesteld. „Zeker wel. Wat denk jij wel van mij. Het overvalt me alleen een beetje!"

„Dat begrijp ik niet. Wij hebben er bewust naartoe geleefd. Jouw woorden en de mijne. En nu het zover is, overval ik je ermee. Toe nou, Jos!"

Jos draaide bij. „Ik ben een ontzettende oen! Natuurlijk is het geweldig. Weet je moeder het al?"

„Nee, nog niet. Maar ik ga het haar vandaag vertellen. Ze zal er niet van schrikken. Ze heeft al wel eens zo tussen neus en lippen door gevraagd hoe het zat met ons. Meer niet, maar ik wist wel wat ze bedoelde. Ze zal er heel blij mee zijn, reken maar!"

„Maar niet zo blij als jij zelf!"

„Dat kan ook niet. Ik ben er dolgelukkig mee!"

Annies moeder reageerde alsof zij zelf weer in verwachting was. Ze was als de dood zo bezorgd dat er iets mis kon lopen.

„Jij gaat onmiddellijk naar de dokter, zonder uitstel. Wij moeten zekerheid hebben!" commandeerde ze alsof het om haar eigen kind ging. „En er moet een fatsoenlijke kraamkamer komen, en een apart kamertje voor de kleine. Jos moet daar maar gauw voor zorgen. En als jullie om geld verlegen zitten, zeg het me. Ik heb wat gespaard en…"

„Wij ook, moeder!" remde Annie af. „Jos en ik, wij zorgen dat alles in orde komt als het zover is. We hebben nog een zee van tijd!"

„Je komt tijd tekort," weerlegde de moeder. „Ik spreek uit ervaring, vergeet dat niet!"

„En, moeder, ben ik in een sinaasappelkistje geboren?"

„Nee, dat niet. Maar ik wil ook niet dat…"

„… het met je kleinkind misgaat. Geloof me, er gaat niks mis. Om je gerust te stellen, ga ik morgen naar de dokter, zodat we zekerheid hebben. Ben je nu tevreden?"

Annie deed wat ze zei. Ze ging naar de huisarts en die bevestigde haar sterke vermoeden. „Je bent al twee maanden onderweg," zei hij.

„Dat zou kunnen kloppen," bevestigde Annie nuchter.

Het werd een tijd van dagen en weken tellen. Jos toverde de opkamer om in een beeldige kraamkamer. Samen met Annie ging hij in de stad de nodige spulletjes kopen, zoals daar zijn: een kinderwagen, een box en een mooie wieg. Jos wilde die eigenlijk ook zelf maken, maar dat liet Annie niet toe.

„Je bent een handige jongen," zei ze tegen Jos. „Maar jij hebt je tijd nodig voor het schilderen, behangen en dat soort zaken. Je bent een handige knutselaar, maar jij bent in staat er een soort galakoets van te maken. En dat wil ik niet. Ik wil een beetje met mijn tijd meegaan.'

Jos was in zijn wiek geschoten, natuurlijk, maar hij liet het zo. Hij had trouwens ook nog andere dingen aan zijn hoofd.

Het fabriekje van Faas eiste al zijn vrije tijd op. De smid had al een tweede knechtje aangenomen en op zaterdag bracht Jos er nu de hele dag door. Dan stond hij aan de tekentafel of hij zat aan een inderhaast aangeschaft bureau te plannen en te calculeren. Op zulke momenten overviel hem soms een gevoel van grote voldoening. Een gevoel dat hij bij Wisdom in de stad moest delen met anderen. Maar hier, in dat onnozel werkplaatsje voelde hij zich heer en meester. En de wetenschap dat hij dat gevoel, zo hij dit wenste, in realiteit kon omzetten. Hij kon, als hij dat wilde, de werkplaats van Faas zijn domein gaan noemen. Telkens weer verwierp hij die gedachte meteen, maar het werd sterker dan hij voor mogelijk had gehouden. Hij trad voor Faas nu ook naar buiten. Hij ging boeren bezoeken die met mankementen zaten aan hun gerei en in de melkfabriek van de coöperatie had hij eigenhandig de transportband weer aan het lopen gekregen. Nu kwam het zelfs al voor dat er naar hem werd gevraagd, in plaats van naar Faas, als er iets aan de hand was. En de klanten waren bereid tot de zaterdag te wachten als Jos dan beschikbaar was.

Ook had het ermee te maken dat Faas zich zelf meer en meer terugtrok. Hij begon een beetje de grote baas achter de schermen te spelen.

Het was in die periode dat Willem, de grote baas van Wisdom hem op het matje riep. Hij viel meteen met de deur in huis.

„Er zijn grote veranderingen op komst in de firma, De Vet," begon hij heel vertrouwelijk. „Jij maakt deel uit van die wijzigingen. Jij bent ook de eerste die dit te horen krijgt. Het heeft ermee te maken dat jij een onderdeel bent van de veranderingen, of je het nu leuk vindt of niet. Hier achter de fabriek, op dat braakliggend terrein, komt binnenkort een tweede hal te staan. Een op zichzelf staand kantoor en adviesbureau. Mijn beste mensen van het hoger en middenkader komen daar te werken. Jij bent één van hen. Jij zult daar na een aanvaardbare inwerkperiode de ontwikkelingen gaan sturen van de hele gang van zaken in en buiten de werkplaats. Dus ook naar het buitengebied. Jij wordt voor onze klanten de aan te spreken man als het om technische kwesties gaat.

Het is een uitgelezen mogelijkheid voor je om je te onderscheiden, een volgende tree op de trap naar de top. Nou, wat zeg je daar op?"

„Het... het is heel wat!" reageerde Jos aarzelend.

„Is dat alles wat je te zeggen hebt? Ik had op zijn minst verwacht..."

„... dat ik van mijn stoel zou tuimelen van verbazing, meneer?" Jos knikte. „Het scheelt dan ook weinig. Ik had, eerlijk gezegd, in de verdere toekomst wel een bepaalde groei verwacht, maar dit... nu al... ik sta nog aan het begin."

„Daarom heb ik je nodig. En nog om een andere reden!" De dikke directeur ging royaal achterover hangen in zijn bureaustoel. „Er wordt veel gepraat hier in het bedrijf, beste jongen. Meestal is het ouwe wijvenpraat, maar soms zit er een kern van waarheid in. Zo gaan er ook verhalen over jou in het rond."

„Oh? Is dat zo?" Jos was oprecht verbaasd. „Waar gaat het over?"

„Ik zou liever zien dat jij mij dat zelf vertelde," deed meneer Willem smartelijk. „Zie je, Jos de Vet, jij bent mijn goudappeltje! Ik heb hoge verwachtingen van jou. Ik heb jou op weg geholpen met je studie, ik heb ervoor gezorgd dat jij in de fabriek jouw blik wat kon verbreden. En om dan te moeten vernemen dat jij op de vrije zaterdagen een soort eenmansbedrijfje runt in dat dekselse dorp waar je woont, dat doet mij pijn."

„Maar dat staat helemaal los van mijn werk hier," onderbrak Jos.

„Het is niet aan jou om dat te beoordelen. Maar het is al mooi dat je het niet ontkent. Zou jij de dolle moed kunnen opbrengen om mij haarfijn te vertellen wat jij daarginds in dat dorp aan het uitspoken bent."

Jos begreep dat hij geen keus had. „Dat wil ik best doen, meneer!"

„Begin dan maar. En sla niets over alsjeblieft. Mijn belangstelling is niet strikt zakelijk, De Vet. Ik mag je graag en ik wil voor geen goud dat er onmin ontstaat tussen ons tweeën. Dus, vooruit kerel! Voor de draad ermee!"

En Jos vertelde. Hij besloot niets achterwege te laten. Hij vertelde hoe het werkplaatsje van Faas tot stand was gekomen en dat het een gouden greep bleek te zijn. Er zat toekomst in, betoogde hij met vuur. „Ik heb geen moment gedacht dat mijn werk hier een belemmering kon vormen voor mijn doen en laten in mijn vrije uren. Maar als u zegt…"

„Ik zeg nog even niets! Ik ben enkel verbaasd. En eigenlijk ook weer niet. Wat jij mij daar vertelt, vervult mij met verbazing en voldoening tegelijk. Daarginds, in dat dorp van je, bewijs jij op eigen houtje, dat ik mij inderdaad nooit in je heb vergist. En nee, ik ga je niet verbieden met dat klussen door te gaan. Integendeel. Jouw verhaal voegt een extra dimensie toe aan wat mij al voor ogen stond. Nee, ik ga je niets in de weg leggen. Ga rustig door met die activiteit. Er zit wat in, misschien meer dan jij vermoedt. Sterker nog, ik wil graag exact op de hoogte worden gehouden over de gang van zaken daarginds op het platteland. En ik kom een keer een kijkje nemen, dat staat vast. Of heb je dat liever niet?"

„Ik heb geen enkele bezwaar," reageerde Jos opgelucht.

„Dan laten we het hier voorlopig bij. Maar ik kom erop terug!"

„Ik verwacht niet anders, meneer."

Even later stond Jos op de gang en hij moest het allemaal even tot zich laten doordringen. Hij begreep de houding van de directeur niet. Elk ander kopstuk van een groot bedrijf zou toch uit zijn vel gesprongen zijn als hij hoorde dat een van zijn employés bij een ander aan het klussen was. Maar meneer Willem leek het eerder toe te juichen. Dat was vreemd, op zijn zachtst uitgedrukt. Jos kon het niet peilen en hij schudde het van zich af. Hij zou wel merken wat ervan kwam. Geen zorgen voor morgen. Hij vertelde het hele verhaal wel aan Annie en die was zeker zo verbaasd.

„En hij kwam een keer een kijkje nemen? Zei hij dat?"

„Dat zei hij en ik mag een boon zijn als ik er iets van snap." Hij omarmde haar en hij voelde de druk van haar gezwollen buik tegen zich aan. Het vertederde hem.

„Geen zorgen voor morgen," zei hij. „Hij moet maar doen wat hij niet kan laten. En in elk geval hoef ik nu geen kiekeboe meer te spelen. Ik klus in mijn vrije tijd en de grote baas vindt het goed. Wat wil ik nog meer?"

„Ik vertrouw het niet," zei Annie. „Volgens mij speelt hij een spelletje met jou. Zorg jij nu maar dat jij je baan niet verliest."

„Dat gebeurt niet," zei Jos zelfverzekerd.

Het waren profetische woorden, want enkele dagen later, nog op de zaterdag van diezelfde week, stopte er een donkerblauwe automobiel voor de smederij van Faas. Willem Wisdom stapte uit in eigen persoon. Hij liep zonder blikken of blozen de kleine werkplaats in die op dat moment vol in bedrijf was. In de deuropening bleef hij even staan en liet zijn verbaasde blik rondgaan.

Jos keek op van zijn werktafel en schrok! Hij haastte zich naar de directeur.

„Meneer Willem! U bent gekomen!"

„Zoals afgesproken."

„Wacht, ik zal Faas even waarschuwen dat u er bent. Faas is de eigenaar..."

„Dat kan wel wachten," wuifde Willem weg. „Leid jij mij maar rond en vertel mij alles wat van enig belang is."

„Ja, meneer Willem. Goed, meneer Willem." Dikke Willem kreeg zijn rondleiding, zo uitgebreid als Jos maar kon geven. Het was nu een kwestie van open kaart spelen. Kiekeboe spelen was er nu niet meer bij. Het was een korte rondleiding en toen die achter de rug was, begon het vragen. De directeur toonde zich echt geïnteresseerd. Op een bepaald moment onderbrak hij Jos door onverwachts op te merken: „Wist jij dat mijn vader een wagenmaker was?"

„Nee, meneer, dat wist ik niet."

„Toch is het zo. Van hem heb ik het vak geleerd. Als ik jou hier zo bezig zie, gaat mijn hart sneller kloppen. Het is buitengewoon interessant waar jij mee bezig bent. Overigens, waar was je nu concreet mee bezig?"

„Ik ben een nieuw assenstelsel onder een dorsmachine aan het bouwen. Tenminste, dat is de bedoeling. Maar het wordt een kostbare geschiedenis en een hels karwei bovendien om het allemaal gemonteerd te krijgen. Daarom probeer ik een systeem uit te knobbelen dat uitwisselbaar is. Een verwisselbare onderwagen zogezegd. Nog nooit vertoond, zegt Faas, maar dat wil nog niet zeggen dat het onmogelijk is." Jos raakte op drift. „Kijk, als zo'n lorrie gemaakt kon worden, zou dat voor veel boeren een verbetering zijn. Voor iedereen te huur, dat idee."

„En dat is jouw idee!" Willem toonde oprechte belangstelling. „Ik geloof dat jij hier belangrijk werk verricht. En zo te zien heb je het hier ook naar je zin."

„Ho, meneer! Niet te haastig. Ik moet op de eerste plaats de kost verdienen voor mijn vrouwen mezelf. Er is een baby op komst. Wat ik hier doe, moet u als hobby zien. Er zit geen toekomst in..."

„Dat zeg jij!" hapte de grote baas. „Ik zeg jou dat er wél degelijk toekomst in zit. Als jij je ogen wijd openhoudt... Oh!"

Faas was onverwacht naderbij gekomen en meneer Willem trok hem aan zijn mouw: „Denk erom dat je mij op de hoogte houdt, beste man. Daar sta ik op. Verdorie, ik krijg belangstelling in de technische kant van de landbouw. Het opent perspectieven..."

„Die op een ander vlak liggen als bij textielmachines," onderbrak Faas. Hij had duidelijk last van de opdringerigheid van de fabrikant. „En het niveau van mijn dorpse bedrijfje is een lachertje vergeleken met uw zaak."

„Natuurlijk, dat is waar. Maar toch... Wat dacht je? Als jij nog aan het begin stond en je had een knaap naast je zoals onze Jos hier..."

„Die droomkans is mij helaas niet geboden."

„Anders...?"

„Och, meneer, wat koop ik op mijn leeftijd nog voor fantasieën? Ik sta dagelijks tot mijn enkels in de mest. Ik heb mijn tijd gehad."

„Onzin. Denk aan onze vriend hier, Jos de Vet. Hij heeft jou er toch maar toe aangezet om met deze werkplaats te beginnen. En het draait, of vergis ik mij daarin?"

„Nee, u spreekt volledig de waarheid. Maar ik kan uw redenering niet volgen. Jos is bij u in dienst. Hij staat hier zaterdags te klussen, met uw goedvinden, maar toch! Een kracht zoals hij zou ik nooit het salaris kunnen betalen wat hij verdiend. En dat weet u. Daar, ik zeg het u waar de man zelf bij staat."

„Meneer Faas, ik praat geen onzin, als je dat soms

denkt. Ik sta ook niet te dagdromen. Maar terwijl ik hier rondkeek, zijn mij de schellen van de ogen gevallen. De landbouw heeft net zo dringend goede machines nodig als de textielindustrie. Mijn hart als ondernemer schreeuwt het uit."

Faas trok een onwillig gezicht: „Het zijn twee totaal verschillende takken van industrie."

„Klopt. Ik zal er mijn vingers niet aan branden. Maar ik mag wel belangstelling tonen, betrokkenheid zo je wilt."

„Praat voor de vaak," hield Faas koppig vol.

„Dan zal ik het duidelijker zeggen. Mijn belangstelling in de landbouwmachines is gewekt. Wat hier gebeurt, kan op een veel grotere schaal plaatsvinden…"

„U bedoelt?"

„Ik heb veel zin om de mogelijkheden te onderzoeken voor een tweede tak binnen mijn bedrijf. Dat moet kunnen, op twee benen sta je tenslotte steviger. Heb ik gelijk of niet?"

Het gezicht van Faas was uitdrukkingsloos toen hij zei: „U komt mij hier het gras voor de voeten wegmaaien? Is dat de bedoeling?"

„Als compagnon, als gelijkwaardig partner en met onze vriend Jos als verbindende schakel. Niet holderdebolder hoog van de toren blazen. Natuurlijk niet. Hardlopers zijn doodlopers. Maar het kan geen kwaad de markt af te tasten…"

„Er is veel import van landbouwmachines," zei Faas. „Daar kun je met geen mogelijkheid tegenop."

„Er is Nederlandse industrie op dat gebied!"

„Te weinig!"

„En dat gat wilt u opvullen. Zomaar even, tussen neus en lippen door. Knap hoor!" Het klonk cynisch, maar niet meer zo afwijzend.

„Niet om het een of ander, maar waar sta ik?" kwam Jos er tussen. „Meneer Willem, u ging uitbreiden in de stad. Ik dacht dat ik daarin een plaats zou krijgen."

„Die plannen gaan door, natuurlijk. Maar dit hier..." De fabrikant strekte zijn open hand uit naar Faas. „Wij moeten eens praten, onder vier ogen. En ik laat Jos de Vet voorlopig hier, op weekbasis. Op mijn kosten, hij blijft dus bij mij in dienst. Wat zeg je ervan?"

„Zonder verplichtingen van mijn kant?"

„Jawel. Jij mag Jos in geen geval zijn ontslag geven zolang wij in onderhandeling zijn. Ik betaal hem namelijk. Duidelijk?"

„Duidelijk genoeg." Faas sloeg toe als een boer op een veemarkt. „Maar als je het mij vraagt, komt er geen bliksem van terecht."

„We zullen zien!"

„Oke!"

En daar bleef het bij... voorlopig!

Jos wist niet hoe hij het had. Hij was in dienst bij Wisdom en zonen in de stad, maar hij sleet ook een deel van zijn werktijd in het werkplaatsje van de smid Faas. Faas, die op zijn beurt een droom werkelijkheid zag worden. Hij kende Willem Wisdom niet, hij had nooit met hem te maken gehad, maar hij meende hem te kunnen doorgronden. Wisdom was een zakenman, maar recht door zee. Dat voelde Faas met zijn simpele verstand haarfijn aan. Dat zei hij ronduit tegen Jos, omdat hij die als zijn eigen zoon vertrouwde.

„We moeten de zaak niet overhaasten, maar wat Wisdom wil, is het overwegen waard," zei hij. „Ik heb altijd al zoiets als een volwaardige werkplaats gewild. Op eigen houtje is het mij niet gelukt. Ik praat vrijuit met je, Jos, maar met jou erbij ziet het er al een heel stuk reëler uit. Er zit vooruitgang in, de smederij is een echte werkplaats geworden, waar bijna elk karwei geklaard kan worden dat ons wordt aangeboden. Ik geef eerlijk toe dat ik jou liever zelf in dienst zou hebben, maar dat kun jij niet maken, ik begrijp dat wel. Jouw toekomst ligt bij Wisdom. Wat jij voor mij doet, is toevallig gebeurd en zo is het goed. De toekomst zal uitwijzen hoe een en ander zal verlopen. Intussen zullen wij afwachten en horen wat de grote Willem allemaal in zijn bolle hoofd aan het uitbroeden is."

„Het zal best iets worden, niets is het al," zei Jos droog. Hij was er met zijn hoofd niet meer zo bij. Hij leefde zogezegd de laatste tijd in twee werelden. Of beter gezegd, in drie. Bij Wisdom en zonen, bij Faas in zijn werkplaats en thuis, bij zijn lieve Annie die inmiddels hoogzwanger was en elk moment een kindje kon krijgen. Een kind van hem! Van Jos de Vet! Het was een gekke gedachte die hij bijna niet kon bevatten.

Elke avond als zij naar bed gingen, moest hij even zijn hand op die warme, ronde buik van Annie leggen. Dan legde zij haar handen daar overheen. Zo lagen ze dan een poos naast elkaar, zonder woorden. Het verlangen naar dat kind maakte hen sprakeloos.

En de blijde verwachting ging in vervulling. Het gebeurde midden in de nacht dat Annie Jos wakker maakte en dat hij als de bliksem de dokter moest gaan halen. Jos brak bijna zijn nek over zijn schoenen toen hij het bed uitvloog. Met die stappers in de hand bolderde hij naar beneden en trof daar tot zijn verbazing Annies moeder in haar nachthemd.

„Het is zover," stelde zij opgelucht vast. „Ik heb erop zitten wachten, elke nacht de laatste weken. Schiet maar gauw op!"

Och, het ging allemaal als in een onwerkelijke droom.

Achteraf wist Jos niet te vertellen hoe hij het had klaar-
gespeeld om op kousenvoeten naar de dokter te fietsen, met de schoenen onder de snelbinder achterop.

Het deed er ook allemaal niet toe, want toen hij thuiskwam was de dokter hem al gepasseerd in zijn auto en
toen hij de trap opstormde om te zien hoe de stand van
zaken was, lag Annie al met de baby in haar armen te
blozen. En zoals dat met jonge vaders gaat, zo verging
het ook Jos. Hij was sprakeloos.

HOOFDSTUK 9

„Zo is het maar net, niet waar!" gromde Wisdom. „Die jongen weet niet wat ik voor hem in petto heb. Ik heb mijn plannen in grote lijnen al rond. Zoals ik al zei, ik wil iets met landbouwmachines gaan doen. In het begin meende ik dat daar een open markt lag waar ik zo in kon stappen. Dat blijkt nu niet waar te zijn. Ik heb even de fout gemaakt te denken dat een maaimachine niet moeilijker hoeft te zijn als een weefgetouw. Ik heb me vergist. Het zijn twee volkomen verschillende werelden, maar wel met raakvlakken."

„Dus?" vroeg Faas ongerust.

„Eerlijk gezegd zit het er voorlopig niet in om op het gebied van de landbouwmachinerie poot aan de grond te krijgen."

„Als ik het niet dacht. En wat nu?"

„Nu, mijn beste Faas, gaan wij een toontje lager zingen. Maar vergis je niet, wij gaan samen een mooi lied zingen."

„Ik kan helemaal niet zingen, meneer Wisdom. Wat bent u van plan?"

„Gereedschap, beste man. Gereedschap en onderhoud. Nou?" Faas reageerde even niet. Hij was te verbaasd.

„Dat heb ik heel mijn leven al gedaan," zei hij kortaf.

„Ja en dat blijven we doen... op grote schaal. Niet alleen reparatie, maar ook vervaardiging van gereedschap: schoppen, harken, sikkels en schoffels, noem het maar op."

„Daar zit geen brood in," zei Faas kortaf. „Als dat zo was, had ik daar zelf wel werk van gemaakt. Tegen die grote firma's kun je niet opboksen. En dan praat ik nog niet over de toevoer vanuit het buitenland."

„Juist, nu heb ik je. Wij gaan die concurrentie aan. Ik zet bij jou een hal neer waarmee je uit de voeten kunt. En wij gaan zelf die gereedschappen maken. Met nieuwe ideeën en foefjes, vooral voor gebruik in huiselijke kring. Met nieuwe vindingen, noem maar op."

„Ho ho, meneer Wisdom, nu gaat u te hard," remde Faas. „U zet hier een fabriekshal neer, zegt u? Zomaar even, omdat u de landbouw wel leuk vindt. Maar laat mij u wat zeggen als een man met kennis op dat gebied. Ik heb jaren dat soort werk gedaan en..."

„En je bent geen stap vooruit gekomen. Dat bedoel je toch. Maar dat is toch ook logisch. Jij had geen behoefte verder te kijken dan je eigen directe omgeving. Daar had jij je werk aan en dat was genoeg. Maar ik praat over landelijk, Faas. Over het hele land van noord tot zuid. Wie weet zelfs over de grens. Maar dat heeft geen haast. Met een eigen merk, Faas. Made in Holland!"

„Made in Brabant," verbeterde Faas koeltjes. Hij had hoofdpijn gekregen van het gesprek. Dacht die vent dat hij de hemel kon bestormen? „Meneer Wisdom, alles goed en wel, maar gaat het allemaal niet een beetje te hoog. Ik heb mijn reparatiewerkplaats en daar ben ik gelukkig mee geweest, mijn hele leven. Ik hoef niet meer zo nodig"

„Je vergeet onze jonge vriend Jos. Ik plaats hem als bedrijfsleider aan het hoofd van de onderneming."

„En waar blijf ik, meneer Wisdom?"

„Medefirmant en dat zal tot uitdrukking komen in de naam van het bedrijf. Daar bedenken wij wel wat op. Als compagnons."

„Als compagnons?" echode Faas. „En wie zal dat betalen?"

„Ik! En jij, een beetje. Maar niet meer dan je kunt dragen. Nou?"

„Ik zeg er geen ja en geen nee op. Ik moet er eerst een nachtje over slapen."

„Doe dat, mijn beste Faas. Ik kom gauw weer langs."

Jos leefde intussen op een wolk van geluk. Thuis op de boerderij van zijn schoonmoeder, daar was zijn wereldje. Met Annie ging het uitstekend, het moederschap had haar tot volle bloei gebracht. Ze lag in haar kraambed te pralen als een schilderij van Rubens.

En de kleine meid deed voor de moeder niet onder. Ze was zo levenslustig als het maar zijn kan. Ze deed alles wat een baby moet doen. Ze dronk bij haar moeder met een gretigheid die zijn weerga niet kent. En ze wist ook bliksemsgoed waar een luier voor diende. Nee, dat zat wel goed met dat kind.

Maar hoe gaat het soms in het leven? Dan gebeurt er iets waarop heel het gelukzalige gevoel als een pluimpje wordt weggeblazen. Het gebeurde op een zaterdag namiddag, terwijl Jos in de schuur bezig was. Opeens hoorde hij een ijselijke kreet, die door merg en been ging!

„Oh God, Annie valt uit het bed!" schrok hij. Hij stormde naar binnen, naar de kraamkamer. „Wat heb je?"

„Ik niets. Met mij is niets. Het is moeder. Ze is gevallen geloof ik. Ga gauw kijken."

Jos vond zijn schoonmoeder in de opkamer, beter gezegd eronder want ze lag onder aan de keldertrap.

„Mens, wat doe je nu?" loeide Jos.

„Vraag niet zo stom!" nijdaste de vrouw. „Ik sterf van de pijn. Help me liever. Maar kalm aan."

Jos ging de kelder in en hurkte bij haar neer. „Menslief, als je maar niets gebroken hebt."

„Het voelt aan alsof het wel zo is. Mijn been..."

Toen zag Jos het en hij werd er akelig van. Haar been lag in een rare knik onder haar rok vandaan en er was bloed...

„Niet schrikken, maar het is zo. Tenminste daar ziet het naar uit."

„Heremijntijd! En wat nu? Ik kan hier niet blijven liggen. Ik verga van de pijn. Hoe moet dat nu?"

„Ik help je. Al weet ik niet hoe. Ik moet de dokter halen, maar ik kan je niet alleen laten. Wacht, ik haal een matras en daar ga je op liggen tot ik terug ben."

„Tot ik leeggebloed ben, zul je bedoelen. Nu ja, doe het maar vlug. Want lang houd ik dit niet uit. Ik verdraag de pijn niet langer."

Jos kreeg vleugels. Hij haalde een matras, vloog in het voorbijgaan even de slaapkamer binnen om Annie te vertellen wat er gaande was, die daarop bijna een flauwte kreeg en hij verzorgde zo goed en zo kwaad als het kon de ongelukkige vrouw die werkelijk heel veel pijn had.

Hij rende de deur uit in zijn hemdsmouwen, sprong op zijn motorfiets en scheurde naar het huis van de dokter. Die was gelukkig thuis en meteen bereid mee te gaan. Met de dokter achterop scheurde Jos terug.

„Ze ligt in de kelder, dokter!"

„Nu ja, ze moet toch ergens liggen. Waarom niet in de kelder," zei de dokter droogjes. Maar toen hij de boerin zag en haar even onderzocht had, begon hij anders te praten.

„Ze moet naar het ziekenhuis. En wel onmiddellijk. Help me haar uit de kelder te dragen. Voorzichtig!"

Het was een hels karwei, vooral omdat de boerin haar lippen tot bloedens toe kapot beet om het niet uit te gillen van de ondraaglijke pijn. Ze legden haar op de matras, gewoon op de vloer van de woonkeuken. De dokter verzorgde haar zo goed als hij kon en toen was hij weer weg, om een ziekenwagen op te roepen.

Daarna was het wachten geblazen. Jos voelde zich machteloos en vreselijk opgelaten met de kreunende moeder daar op de vloer en een huilende kraamvrouw boven in haar bed. Het wachten leek een eeuwigheid te duren, maar eindelijk was de ziekenauto er toch.

Jos kon niet mee, hij moest eerst een oppas voor Annie regelen. Hij ging om goede raad bij Faas en die wist raad.

„Vraag mijn zuster. Ze woont hier vlakbij. Je hebt haar wel eens gezien."

„Ik ken haar. Waar woont ze precies?"

„Laat maar, ik zal haar wel waarschuwen. Ga jij maar naar je vrouw."

„Je bent de beste," zei Jos en weg was hij.

Thuis gekomen vond hij Annie volkomen overstuur. Hij vertelde haar wat hij had geregeld.

„Hulp in huis?" stamelde Annie. „Waarvoor? Ik ben er toch ook nog."

„Jij behoort nog een paar dagen in je bed te blijven. En dan nog moet je het kalmaan doen. Wees nu verstandig en blijf waar je bent. Alles wordt goed geregeld, je zult het zien."

En Annie zag het gauw genoeg. Want plotseling stond Cato, de zuster van Faas, op de vloer. Alsof ze optrad in een toneelstuk, zo rukte zij de buitendeur open en stapte over de drempel. Een tanige vrouw, met een lang gezicht en strak achterover gekamde haren in een knot.

„Wat is hier gaande?" vroeg ze zonder omwegen.

Jos vertelde het haar.

„En je vrouw? Waar is die?"

„Die ligt boven in het kraambed. Wij hebben pas een kindje…"

„Ik weet ervan," kapte ze af en ze steigerde de trap op. Daar stond ze bij Annie aan het bed en keek misprijzend op haar neer. „Hoelang lig je al?"

„Ik geloof vier dagen, of nee, vijf denk ik. Ik weet het niet meer precies."

„Ik wel. Ik weet het heel secuur. Je bent het aan het uitzingen. Waar je gelijk in hebt…"

„De dokter heeft gezegd dat ik mijn gemak moest houden."

„Terecht. In normale omstandigheden. Nu ja…" Ze smakte met haar tong. „Een kind krijgen stelt niet zo vreselijk veel voor. Je gaat er niet dood aan. Zelf heb ik er zes. Ik weet dus waar ik het over heb."

„Ik doe niet meer dan luisteren naar wat de dokter zegt," zei Annie, die zich in de hoek gedreven voelde. „Zo gauw ik eruit mag, doe ik dat. Eerder niet."

„En je hebt gelijk, dat zei ik al. Maar nu ik hier ben, wordt het wel even anders. Je mag toch wel naast je bed zitten."

„Dat denk ik wel."

„Natuurlijk mag je dat. Je bent zo gezond als een vis. Als je moeder dadelijk thuis is, zal ik voor haar zorgen. Ik heb dat al vaker aan de hand gehad. Maar ik zeg je op voorhand dat ik een hekel heb aan leeglopers!"

„Ho, wacht even!" riep Annie, nu toch in haar wiek geschoten. „Ik doe enkel wat de dokter mij opdraagt. Daar houd ik mij aan!"

„Gelijk heb je, ik zeg het je nog eens."

Cato snoof hoorbaar door haar neus. „Denk je wel dat je in staat bent mij te zeggen waar ik de nodige spullen kan vinden tegen dat je moeder thuiskomt?"

„Ze heeft haar been gebroken, ze is niet ziek." Het was

Jos die ongemerkt de kamer binnenkwam. „We zullen een makkelijke stoel voor haar klaarzetten en een tweede bij de hand om haar been op te leggen. Als het toch nodig is dat ze naar bed gaat, dan is dat zo geregeld."

„Laat dat maar aan mij over. Of ben jij de butler hier?"

„Je weet wie ik ben. Ik wed dat je wel vaker over mij gehoord hebben."

„Jij bent die handige jongen, is het niet. Hm! Je ziet er niet naar uit." Jos wond zich een beetje op, maar hij hield zich in. Hij wilde eigenlijk zeggen dat zij er precies uitzag als haar geaardheid aangaf, maar hij hield zijn mond. Hij zei dat hij aan het werk ging. Hij knipoogde naar Annie. „Ik kom dadelijk weer naar je kijken."

„Haast je niet, ze loopt niet weg," zei Cato droogjes.

Jos wilde wat zeggen, maar het geluid van een stoppende auto voor de deur verhinderde dat. Daarom zei hij: „Dat zal mijn schoonmoeder zijn."

Hij ging naar beneden met Cato op zijn hielen.

Het was inderdaad de ziekenauto. Twee broeders brachten moeder op een brancard naar binnen. Ze lachte een beetje bleekjes naar Jos. Ze werd op een stoel gezet met haar been omhoog op een andere stoel, net zoals Jos had gezegd.

„En nu kalmaan, moedertje. Geen circusstreken meer uithalen," zei een van de broeders gemoedelijk. Toen vertrokken ze.

Annies moeder keek Cato aan. „Ik ken jou toch ergens van," zei ze. Cato zei wie ze was en dat haar broer haar had gestuurd.

„Ik ga ervoor zorgen dat je niets te kort komt," zei ze resoluut. „Daar twijfelen wij niet aan," zei Jos nogal koud. Cato keek hem aan, maar reageerde niet.

De intrede van Cato was dan misschien niet bepaald

hartverwarmend en feestelijk geweest, haar aanpak kon elke vorm van kritiek velen. Jos zag het en hij moest toegeven dat ze het werk dat gedaan moest worden goed deed. En ze verzorgde moeder fantastisch. Daarom was het dubbel jammer dat ze zo kil en kortaf tegen Annie deed. Annie slikte het, maar ze was blij dat Jos niet hoorde wat Cato haar soms naar het hoofd slingerde. Ze wilde ook geen heibel en dus zweeg ze er over. Gelukkig was ze al zover dat ze de baby helemaal zelf kon verzorgen en na een dag of wat kon zijzelf ook opstaan en ook weer aan de slag. Weliswaar kalm aan, op aandringen van de dokter. Annie was blij dat ze van dat kraambed verlost was en ze ging er met opgewekt gemoed tegenaan. Tenminste, dat was ze van plan. Ze zou er in een handomdraai voor zorgen dat de hulp van Cato overbodig werd. Natuurlijk had ze het druk met haar baby en daar besteedde ze ook alle tijd en zorg aan. Maar ze vergat haar moeder niet, die maar wat blij was dat haar dochter weer op de been was. Het was Cato die roet in het eten dreigde te gooien. Zij nam de teugels volledig in handen. Buiten gehoorafstand van moeder, dat wel. Want die spaarde ze, daar speelde ze mooi weer tegen. Maar Annie kreeg het voor de kiezen. „Ik ben in huis gehaald om voor je moeder te zorgen en dat doe ik dus ook," zei Cato. „Er is genoeg ander werk te doen in huis. Het ziet er hier toch al niet te fris uit. Wanneer is hier voor het laatst schoongemaakt? Met Sint Juttemis zeker? Pak maar gauw emmer en dweil en ga poetsen. Het heeft er nu lang genoeg zo bijgelegen!"

„Dat hoef ik niet te nemen!" gaf Annie terug. „Ons huis is altijd kraakzuiver, daar valt niets op aan te merken."

„En ik zeg dat er gepoetst moet worden. En ik duld ook geen tegenspraak. Zolang je moeder niet uit de voeten kan, heb ik het hier voor het zeggen."

„Nu ik weer aan de slag ben, ben jij niet meer nodig!" waagde Annie. „Ik ben niet invalide en als ik het rustig aan doe zal het best gaan."

„Dat zal niet gebeuren. Zolang jouw moeder bedlegerig is, blijf ik in huis. En daarna ook nog, als dat nodig mocht blijken. Jij alleen het huis doen doen? Op die spillenbenen van je zeker. Laten verslonsen zul je bedoelen! Daar komt niets van in. Ik ken dat jonge goed van tegenwoordig. En je hoeft ook niet zo'n grote mond open te trekken tegen mij, of ik zeg het tegen je moeder. Denk erom!"

Daar schrok Annie voor terug. Ze was toch al zo begaan met moeder die daar zo zielig in de leunstoel zat met haar been omhoog. En ze moest erkennen dat Cato prima voor haar zorgde, zelfs heel aardig tegen haar deed. Annie begreep het niet goed. Zij had Cato toch niets in de weg gelegd. Waarom deed die zo lelijk tegen haar? Ze had daar verdriet van. Tegen Jos durfde ze ook niets te zeggen. Want als die in de buurt was deed Cato niet zo bazig. Dan was ze zelfs in staat om Annie een emmer water uit de hand te nemen, zo van: „Wat krijgen we nu? Ga jij sjouwen? Daar komt niets van. Zie je dat man? Dat denkt dat het alles weer kan!" En Jos trapte erin. Hij vond Cato een onaantrekkelijk vrouwspersoon, maar ze deed haar werk goed en daar ging het toch om.

Annie zweeg. Ze verdroeg de dwingelandij van Cato om de lieve vrede in huis te bewaren. Ze wilde haar nood ook niet klagen tegen Jos. Maar ja, op een bepaald moment moest het er toch uit.

Ze lagen in bed na een lange werkdag. Moeder lag goed verzorgd in haar bed en Cato was naar huis. Jos en Annie, ze lagen stil in elkaars armen. De baby sliep. De stilte ruiste door het huis.

Toen hoorde Jos iets. Een enkele snik. Een kleintje maar. Maar luid genoeg om Jos te alarmeren. Hij kwam overeind en knipte het licht aan. Hij keek Annie in de wijdopen ogen.

„Wat zie ik? Tranen?" vroeg Jos ongerust. „Wat heb je?"

„Ach, het is niets." Annie veegde haar wangen droog. „Een beetje kinderachtig, hè. Let er maar niet op. Het komt omdat ik een kindje gekocht heb. Vrouwen hebben dat dan. Kleinzerig..."

„Kletskoek. Er is iets aan de hand. Vertel op. Wat heb je op je hart?"

„Het is niks, echt niet!"

„En ik zeg dat je jokt. Er is wel iets en voor wij gaan slapen, vertel je mij wat je op je hart hebt. Is het je moeder?"

„Moeder? Oh nee, die is zo geduldig. Echt waar, moeder is een schat. Zij vindt het alleen erg dat ze niet vooruit kan."

„Cato! Hoe accordeer jij met haar? Gaat het goed tussen jullie?"

Nu antwoordde Annie niet. Ze kneep haar ogen stijf dicht om de opwellende tranen te bedwingen, maar ze waren niet te houden. „Cato moppert op mij," fluisterde ze benepen.

„Wat zei je? Herhaal dat eens. Ik versta je niet."

„Cato speelt de baas over mij. Ze zegt dat ik een lui ding ben en dat ik het huis laat verslonzen. Ze is niet aardig, Jos. Ze is heel goed voor mijn moeder en daarom verdraag ik de vernederingen die ze de hele dag naar mijn hoofd slingert..."

„Wel verd..." vloekte Jos. „Doet ze dat? Waarom in hemelsnaam?"

„Dat weet ik toch niet."

„Nou, maar ik weet het wel. Daar zullen wij eens gauw een einde aan maken. Morgenvroeg, eerste gelegenheid. Zo, en nu veeg jij je traantjes af. Morgenvroeg gaat ze de laan uit. Onmiddellijk!"

„Maar Jos, dat kun je toch niet doen. Ze is een zuster van Faas…"

„Al was ze een zuster van de koningin. Maar mijn vrouwtje wordt niet uitgekafferd, zeker niet door zo'n haaibaai!"

„Ze is toch heel goed voor mijn moeder."

„Jij bent ook goed voor je moeder. Als er in huis gepoetst moet worden doen wij dat voortaan samen. En nu gaan we slapen, schat."

De volgende morgen ging Jos niet naar zijn werk. Hij bleef aan de ontbijttafel zitten tot Cato achterom kwam. Annie was met de baby bezig. Jos stond op en begon op zijn gemak de tafel af te ruimen.

Cato kwam binnen en bleef als bevroren staan.

„Ook goedemorgen," zei ze onzeker. „Moet jij niet werken?"

„Jazeker. Ik werk. Dat zie je toch. Ik ruim de tafel af. En daarna ga ik afwassen. En de vloer aanvegen. De hele mieterse boel."

„Dat is toch haar werk!"

„Volgens jou, Cato. Volgens jou. Maar ik heb begrepen dat jij niet zo tevreden over mijn Annie bent. Nou zou mij dat worst wezen, wat jij over haar of over wie dan ook vindt, maar kritiek op mijn vrouw verdraag ik niet. Sterker nog, ik word daar behoorlijk kwaad over!"

Cato kreeg een gezicht om bang van te worden. Ze keek Annie met vurige ogen aan. „Wat voor kletskoek hoor ik daar? Ga jij mij zwart maken tegenover die kerel van jou? Dat is helemaal fraai."

„Fraai en waar bovendien," antwoordde Jos in Annies plaats. „Zij heeft mij vertelt hoe het hier in huis toegaat als ik er niet ben. In alle oprechtheid en met tranen in haar ogen. En dat gaat mij te ver! Je bent een ideale hulp, vooral voor schoonmoeder. Geweest, moet ik zeggen. Want jij bent hier niet meer gewenst. Niet zolang ik twee handen heb om Annie te helpen. Faas zal het een poosje zonder mij moeten stellen, vrees ik."

„Hoe durf je zo tegen mij te praten, blaag die je bent! Je hebt mij in huis gehaald omdat je mij nodig had en nu..."

„Is je hulp niet meer gewenst."

„Je gooit mij buiten?!"

„Noem het zoals je wilt."

„Denk erom, ik zal hier met Faas over praten!"

„Je broer staat hier helemaal buiten. En met mijn werk voor hem heb jij niets van doen. Cato, wees wijs, maak geen heibel en ga weg."

„Ik wil eerst weten hoe moeder erover denkt."

„Dat kan ik je wel vertellen. Moeder is heel tevreden over jou. Je hebt haar prima verzorgd. Het zal niet meevallen om jou te vervangen, maar het zal moeten. Ga nu, Cato. Wij willen geen ruzie met je. Maar het is echt beter zo."

„Hier krijg jij spijt van, blaag die je bent. Jij en dat vrouwtje van niks van je. Ik ga naar Faas!"

„Doe dat. Ik moet er straks ook nog heen. De groeten!"

Cato vetrok en knalde de deur achter zich dicht. Annie was weer in tranen. En achter uit het huis klonk de stem van moeder: „Cato? Ben jij daar?"

Jos ging naar haar toe. „Goedemorgen, moeder? Goed geslapen?"

„Wat is er toch aan de hand? Hadden jullie woorden?"

„Het mag geen naam hebben. Alles is in orde."

„Waar is Cato? Ik hoorde daarnet toch Cato."

„Ze was hier ook, moeder. Maar nu is ze er niet meer. Ze is naar huis."

„Naar huis? Hoe dat zo?"

„Dat is beter zo. Ze is hier lang genoeg geweest. Wij kunnen je ook verzorgen, zeker nu Annie weer helemaal de oude is."

De vrouw keek hem onderzoekend aan. „Jullie hebben onenigheid gehad met Cato. Ja, geef het maar toe. Hoe durf je. Die vrouw was onbetaalbaar, zo goed was ze voor mij."

„Dat was ze. Maar voor Annie was ze een wringijzer," zei Jos opeens fel. „Annie kon geen goed bij haar doen. Ze maakte haar uit voor alles wat lelijk was. Ik heb dat lang genoeg verdragen. Nu is ze weg. Wij hebben haar niet meer nodig."

„Maar, jongen toch. Zulke harde woorden. En ze was zo goed voor mij."

„Dat zei je al en dat was ook zo. Ze krijgt van mij de zegen na en daar is alles mee gezegd. Annie en ik zorgen nu voor je. Punt uit!"

„Roep mijn dochter!" De moeder kwam overeind en haar gezicht stond op onweer. „Roep Annie! Ik wil weten wat er is voorgevallen."

Er was niets aan te doen. Annie moest komen en haar verhaal vertellen. Het gezicht van de moeder verstrakte, ze schudde haar hoofd.

„Hoe kan dat nu? En ze was zo goed voor mij."

„Het is waar wat ik zeg, moeder," zei Annie. „Ze behandelde mij als een voetveeg."

„Onbegrijpelijk."

„Maar waar," zei Jos. „Zand er over. Nu zijn we weer onder ons. Dat is ook beter. Annie kan nu weer goed vooruit, ik zal een handje toesteken, het zal best wel gaan. Hoe gaat het met je been?"

„Het zit er nog aan," zei moeder cynisch. „Ik vind het heel vervelend dat het zo is gegaan. En dat allemaal achter mijn rug om. Maar een ding zeg ik jullie. Zodra ik weer op de been ben, ga ik naar Cato om dit uit te praten. Haar zo de deur wijzen, het is nogal wat!"

„Het kon echt niet anders," zei Jos.

Daarmee was de kwestie van de baan. Tenminste voor even. Jos ging naar Faas, hij was toch al aan de late kant. De oude smid stond hem al op te wachten.

„Ik moet jou even onder vier ogen spreken," zei hij nors. „Ik had niet anders verwacht," zei Jos.

Nauwelijks in het kantoortje zei Faas: „Mijn zuster is hier geweest." Jos reageerde niet, hij wachtte op hetgeen ging komen'

„Mijn zuster en jij hebben woorden gehad," ging Faas verder. „Nu zal mij dat worst wezen, iedereen kibbelt wel eens met de ander. Maar je hebt haar op een meer dan schofterige manier staan uitmaken voor alles wat maar lelijk is en jij hebt haar letterlijk buiten de deur gezet."

„Ho, nu overdrijf je een beetje. Ik heb haar gezegd dat ze beter kon gaan en dat wij haar hulp niet meer nodig hadden. Dat klinkt toch anders?"

„Luister, jongen. Ons Cato is geen makkelijke als je haar tegen hebt. Maar ze heeft een goed hart in haar lijf."

„Dat heeft ze tegenover Annie goed verborgen weten te houden. Ze maakte haar het leven tot een hel, Faas en dan zeg ik niets te veel."

„En haar moeder? Klaagde die ook over haar?"

„Nee, en daar had ze ook geen reden voor. Maar tegen Annie was ze zeker niet aardig, Faas. Daar is gewoon geen woord van gelogen. Ik moest je zuster wel wegsturen. Er zou grote onenigheid over gekomen zijn. Er kwamen brokken van!"

Faas leunde achterover op zijn stoel, zijn ogen stonden hard.

„Je neemt nogal grote woorden in je mond, Jos. Je praat over mijn zuster. Bedenk eens hoe het haar heeft geraakt. Ze kwam hier aan in tranen. Je hebt haar uitgemaakt voor van alles wat maar lelijk is. Dat zegt zij en ik geloof haar. Ik ken ons Cato. Geen makkelijke vrouw om mee om te gaan, tot ze je beter leert kennen. Dan kun je alles van haar gedaan krijgen."

„Klopt, waar het Annies moeder betreft. Daar zal ik ook geen kwaad woord over zeggen. Maar ze gebruikte Annie als een hondsvod. Ze kwam verdorie recht uit het kraambed en werd afgebekt als de eerste de beste meid. En daar heb ik mij kwaad gemaakt."

„Jij hebt je kwaad gemaakt, zeg je? Hoe denk je dat ik mij voel. Cato is mijn zuster, de enige die ik heb. Een goed, degelijk mens. Nee, Jos, ik kan dat niet zomaar voorbij laten gaan. Weet je wat ze tegen mij zei? Ze wil dat ik jou de laan uitstuur!"

„Dat is nogal wat!" schrok Jos.

„Dat is het. En ze meent het, man! Ik moet jou de deur wijzen zoals jij met haar bent omgesprongen."

„Maar… dat kun je toch niet menen, Faas? Wij hebben toch niets tegen elkaar."

„Er is onenigheid tussen ons gekomen, door jouw houding tegenover mijn zuster. Zij wil dat ik naar haar wensen luister. En ik zeg het je niet graag, maar het gebruik laat mij geen keus. Ik moet je wegsturen."

„Dit is toch al te zot! Wij hebben toch geen probleem?"

„Dat doet er niet toe. Jij ligt met mijn zuster overhoop en het gebruik wil dat ik voor haar kies."

„Welk gebruik? Verdorie, wat is dit voor onzin. Omdat

ik je zuster de laan heb uitgestuurd zul je mij toch niet mijn werk afnemen. Besef je wel wat je zegt? Wat moet ik tegen Wisdom zeggen. Hij zal er niets van begrijpen, net zomin als ik trouwens. Denk na, Faas!"

„Geloof maar dat ik dat al gedaan heb. Maar ik kan geen kant op. Ruzie met Cato betekent ruzie met mijn hele familie. En dat kan ik mij niet veroorloven. Het spijt me voor jou, maar zo staan de zaken."

„Ik moet dus weg? De laan uit?" vroeg Jos ongelovig. „Weet je wat dat betekent? Ik moet Wisdom zeggen wat er aan de hand is. Hij zal mij terughalen naar de stad, als ik geluk heb. Hij zal zijn plannen met jou op ijs zetten. En dat allemaal om die onenigheid met je zuster Cato!"

„Ik weet het. Het is niet anders."

„Dan ga ik maar," zei Jos. Hij liep naar de deur, draaide zich nog even om. Maar Faas schudde het hoofd, zo van, het heeft geen zin. Jos ging. Hij ging niet onmiddellijk naar huis. Dat kon hij niet opbrengen. Hij kon het niet opbrengen moeder en dochter opnieuw overstuur te maken. Hij moest nu even alleen zijn. Hij stapte op zijn motorfiets en reed weg. Zomaar een eind weg, doelloos. Tot hij merkte dat hij op weg was naar zijn ouderlijk huis. Hij was niet bewust die kant op gegaan, het was volkomen gedachteloos gebeurd. Nu ja, een keer naar huis kon geen kwaad. Onderweg stopte hij bij een wegrestaurant. Ook zomaar, uit ballorigheid. Want hij was kwaad en verontwaardigd. Op die donderse Cato met haar streken, op Faas die zich zo door haar in de luren liet leggen en ook, ja, ook op Annie en haar moeder. Eigenlijk had hij gruwelijk de pest in over alles en iedereen, ook over zichzelf.

Ten onrechte, hield hij zich voor. Hij had gedaan en gezegd wat gedaan en gezegd moest worden. En eigenlijk was hij er trots op dat hij als een man van het huis had gedragen en die oude heks de laan had uitgestuurd. Nu ja, hij kon mooi trots zijn, maar tegelijkertijd had hij er een zootje van gemaakt.

Zittend op het terras van het restaurant, keek hij naar het passerende verkeer met niets ziende ogen. Hij voelde zich rot. Hij nam nog een laatste slokje van de koud geworden koffie en greep naar zijn portemonnee. En zo stuitte hij toevallig op iets bekends in zijn zak.

Hij haalde het tevoorschijn en bekeek het in de open palm van zijn hand. Het was de sleutelhanger met daaraan de Davidster die hij als jongen van de oude Nathan Slieger had gekregen. Een flauwe glimlach gleed over zijn gezicht. Hij bekeek het in de open palm van zijn hand en hij dacht, die ouwe zou er wel raad mee hebben geweten. Die zou niet op de vlucht gaan voor een probleem. En hij herinnerde zich hoe Nathan in de oorlog zich als een halve gare was gaan gedragen met zijn jas vol jodensterren en dat hij daardoor aan de dood in het concentratiekamp was ontsnapt.

HOOFDSTUK 10

Jos klemde de Davidster in zijn hand en hij verwenste zichzelf. Want hij ging wel op de loop. Hij ging naar zijn pappie en mammie met zijn probleem. Alsof die mensen er iets aan konden veranderen. Hij zou hen er alleen maar mee bezorgd maken over hem; kopzorg waarmee hij niets opschoot.

Ik moet dit klusje zelf oplossen, besloot hij. Ik moet niet naar mijn vader en moeder! Ik moet naar de enige man die het kan oplossen. Ik ga naar Willem Wisdom! En wel nu, meteen!

Even later zat hij op zijn motor en scheurde naar de stad. Bij de machinefabriek stalde hij de motorfiets zomaar ergens en ging naar binnen. Hij liep rechtdoor naar het kantoor van de directeur. Die zette grote ogen op toen hij zijn pupil zo verwaaid zag binnenkomen.

„Wat kom jij hier doen, kerel? Heb je heimwee?" vroeg hij.

„Nee meneer, geen heimwee. Wel problemen en die kunt u alleen voor mij oplossen."

„Dat klinkt serieus. Ga zitten en vertel."

En dat deed Jos. Hij vertelde precies wat er was voorgevallen en hoe Faas uiteindelijk had gereageerd.

„Hij heeft me er uitgeknikkerd, meneer," besloot hij somber. „Hij wilde het niet, zei hij, maar hij had geen keus."

„Een belachelijk verhaal," zei Willem Wisdom met gefronste wenkbrauwen. „Weet jij zeker dat je geen grote bek hebt opengetrokken tegen Faas. Want jij bent natuurlijk ook niet zo'n lekkere jongen als het erop aankomt."

„Ik heb een grote mond gehad tegen zijn zuster en dat was terecht. U zou dat in mijn plaats ook hebben gedaan. Tegen Faas heb ik geen scheef woord gezegd."

„En nu mag ik rechter spelen? Kom je mij dat vertellen?"

„Nee, ik kom het u vertellen omdat ik wil dat u weet wat er is voorgevallen. En om te zeggen dat ik graag terug wil komen, hier naar de fabriek. Want Faas heeft mij op straat gezet, ik kan geen kant meer op!"

„Hoe oud ben je nu?"

„Zesentwintig, tenminste binnenkort."

„Nog wat jong voor een knaap die al zoveel op zijn hals heeft gehaald, vind je zelf niet? En dit spant natuurlijk de kroon. Het verstoort alle plannen die ik had, met jou en met Faas. Dat laat ik niet zomaar voorbijgaan. Dat begrijp je zeker wel. Weet je wat, ga maar even in de fabriek rondkijken. Intussen bel ik die stijfkop van een Faas. Kijken of hij naar een verstandig woord wil luisteren. Ja, verdwijn jij maar even."

Jos ging de fabriek in en op het kantoor maakte hij een praatje met de mensen daar. Dat ging niet helemaal van harte, want iedereen beschouwde hem het vriendje van de baas. Hij begreep dat best, maar Jos deed alsof er geen vuiltje aan de lucht was.

Toen er een goed half uur was verstreken, ging hij terug naar de directeur. Die keek hem met een peinzende blik aan.

„Nu heb ik mezelf ook in de nesten gewerkt. Faas heeft me zijn versie van het verhaal vertelt en dat klopt wel met jouw verhaal. Neemt niet weg dat hij in eerste instantie zijn poot stijf hield. Zijn familie is hem heilig, zo zei hij en hij meende het, de ouwe rakker. Ik had maar één middel om hem van gedachten te laten ver-

155

anderen en dat heb ik gebruikt. In jouw belang, heet-hoofd die je bent!"

„Ik heb niets gedaan wat een ander in mijn plaats niet gedaan zou hebben," verweerde Jos zich. „Ik had geen andere keus."

„Zo sta ik er nu ook voor, mijn beste," gromde de directeur. „Ik heb mij nog nooit ingelaten met familieaffaires van mijn personeel. Jij krijgt dat klaar. Ter geruststelling zeg ik erbij dat het vooral uit eigenbelang is. Nu ja, Faas is overstag. Jij hebt je zin."

„Faas overstag?" Jos kon zijn oren niet geloven. „Zomaar?"

„Nee, niet zomaar. Hij is zo hard als een oude eikel als het erop aankomt. Maar ik heb hem gezegd dat jij past in mijn plannen met hem en als jij buitenspel komt te staan, het hele idee dat ik heb op losse schroeven komt te staan."

„Nee, toch!" schrok Jos, „Dat kunt u toch niet doen!"

„Ik kan doen wat ik wil, als het erop aankomt. Desnoods begin ik het bedrijf dat ik in mijn hoofd heb zonder Faas, maar met jou…"

„Hebt u dat tegen hem gezegd?"

„Dat en nog veel meer, maar dat gaat jou niet aan. Hoofdzaak is dat jij naar huis gaat en even aanloopt bij Faas. Hij zal je zeggen hoe de zaak ervoor staat. En hoepel nu op, want ik heb het knap druk."

Jos reed naar huis met kloppend hart. Niet van de spanning want die was nu voor een groot deel verdwenen. Maar niet helemaal. Faas was voor Wisdom door de knieën gegaan, maar hoe zou zijn houding zijn tegenover hem. Familierecht en familievetes, Jos had er vaker over gehoord en hij kon zich niet voorstellen dat Faas tegenover hem, de aanstichter van alle ellende, weer normaal zou gaan doen.

Nu ja, hield hij zichzelf voor, wat had hij eigenlijk mis-daan? Hij had die ouwe heks de deur gewezen, wat toch zijn goed recht was. Of niet, natuurlijk. Dat hij Annie in bescherming had genomen, was natuurlijk wel terecht. Maar Cato de deur wijzen, was dat niet te veel van het goede. Nee, hield hij zichzelf voor. Want die oude taart zou gewoon doorgegaan zijn met haar getreiter tegen Annie. Nee, het was goed wat hij had gedaan en nu zou alles wel weer goed komen.

Hij besloot eerst naar Faas te gaan. Hij wilde uit diens eigen mond horen hoe de kwestie er nu voor stond. Want de directeur kon zeggen wat hij wilde, helemaal gerust was Jos er toch niet op.

Faas zag Jos komen en hij ving hem buiten op voor hij een stap in de werkplaats kon zetten. Zijn gezicht stond op honderd dagen onweer.

„Loop een eindje met mij op," zei de oude baas. „Want ik heb wat te verhapstukken met je."

Jos vroeg niet naar het hoe en waarom, want dat kende hij al. Zwijgend liep hij naast Faas de velden in. Daar verbrak de oude baas de stilte. „Jij hebt mij in mijn hemd gezet," zei hij op korzelige toon. „Jij bent je nood gaan klagen bij Wisdom en dat vind ik niet fair van je. Ik had gedacht dat jij oud genoeg was om je eigen boontjes te doppen. Nu ga je als een kleine jongen hulp halen bij de grote baas. Dat is flauw."

„Ik had geen andere keus," zei Jos. „Vraag je af wat jij in mijn plaats gedaan zou hebben."

„Ik zou mijn eigen boontjes gedopt hebben. Hoe dan ook. Wisdom heeft met deze affaire niets van doen. Maar jij hebt hem toch in de arm genomen omdat jij wist dat hij jou in bescherming zou nemen. Dat vind ik niet netjes van je. Je had met mij kunnen praten."

„Met jou viel niet te praten."

„Terecht! Voor de volle honderd procent."

„Nee! Dat is niet waar! Jouw zuster voelt zich beledigd door mij. Dat kan ik mij voorstellen. En dat ze haar nood klaagt bij jou, dat is ook niet zo vreemd. Maar dat zij in staat is om jou min of meer te dwingen mij te ontslaan, met alle gevolgen vandien, dat gaat alle perken te buiten."

„Die beslissing heb ik zelf genomen, daar heb ik Cato niet bij nodig."

„Je praat tegen beter weten in, Faas!" Jos was verbaasd over zijn brutale moed, maar hij zette door. „Om een probleem tussen jouw zuster en mij zo zwaar te laten wegen dat de toekomstplannen die jij met Wisdom hebt in gevaar te laten komen."

„Dat was ook helemaal mijn bedoeling niet."

„Je riskeerde het."

„Hm! Weet jij dat hij heeft gedreigd alle plannen in de ijskast te stoppen?"

„Nee, maar ik kan het mij voorstellen. En wat nu?"

„Ik ben door de knieën gegaan voor hem. Omwille van jou! Donders nogantoe! Ik had geen keus."

„Dus ik kan weer aan de slag?"

„Ach ja, natuurlijk. Het sop is de kool niet waard. Ons Cato is een moeilijk mens, dat weet ik. En als ze dat vrouwtje onder druk heeft gezet… nou, dat had ze niet moeten doen. Maar nu zit ik met de brokken. Want ze zal nooit accepteren dat ik alles bij het oude heb gelaten. Jij zult moeten bloeden voor wat je haar hebt aangedaan."

„Leuk is anders. En wat nu?"

„Ik moet naar haar toe, naar Cato. Proberen het recht te breien."

„Ik ga met je mee!"

Faas keek Jos onderzoekend aan. „Je bent gestoord, je

weet niet wat je zegt. Ze is in staat een emmer water over je kop te gooien vóór je een kik hebt gegeven. Man, ze kan je wel villen!"

„Dat risico neem ik. Tenslotte is alle ellende door mij begonnen."

„Nee, dat is niet terecht." Faas hield Jos staande, hij legde een hand op zijn schouder. „Wat jij deed was fideel tegenover je vrouw. Zo hoort een vent dat te doen. Ik weet dat best. En ik weet ook dat Cato moeilijk is. En dat ze haar oordeel snel klaar heeft. Wat wil je, het is tenslotte mijn zuster. Maar jou nu meenemen naar haar, dat is vragen om revolutie!"

„Ik waag het erop."

„Dat is flink van je. Maar of het iets uithaalt, vraag ik mij af."

„Ik weet het nog beter gemaakt. Ik ga er alleen op af. Ze zal me niet opvreten. En doet ze dat wel, dan heb ik pech gehad."

„Je bent niet goed wijs."

„Dat hebben er wel meer gezegd. Laat mij nu maar gaan."

„Je weet niet wat je je op de hals haalt. Volgens mij maak je het van kwaad tot erger als je zo plompverloren bij haar op de stoep staat."

„Dat risico neem ik. Ik ga."

Faas hief berustend zijn handen op en Jos grijnsde. Niet van harte, want hij had gelijk spijt van zijn beslissing. Maar nu moest hij doorzetten. „Zeg maar dat ik je heb gestuurd," zei de oude baas.

„Geen sprake van. Dit karweitje ga ik zelf opknappen." Het was natuurlijk grootspraak. Als hij dan zo flink had willen zijn, had hij er meteen achteraan moeten gaan. Nu was het eigenlijk te laat. Cato had Faas onder druk gezet en hij was voor haar eisen door de knieën gegaan.

Jos kon moeilijk van hem verwachten dat hij nu al meteen weer zoete broodjes kwam bakken.

„Dat zal ik trouwens ook niet doen," zei hij in zichzelf terwijl hij op pad ging voor zijn zware missie. „Ik heb maar één hoop. Dat ze even naar mij wil luisteren."

Hij kwam bij haar huis met lood in zijn schoenen en klopte op haar deur. Hij hoorde haar voetstappen naderen en hij zette zich schrap. Klaar om te rennen. De deur ging open en daar stond Cato. Haar toch al niet zo vriendelijke gezicht werd rood, haar kin kwam naar voren en haar hand wees: „Maak dat je wegkomt!"

„Dadelijk," zei Jos. „Als je mij even de kans geeft mijn zegje te doen."

„Waarom zou ik naar je luisteren, blaag die je bent."

„Deze blaag is getrouwd en hij heeft een vrouw en een kindje. Sinds deze morgen zit hij zonder werk." Hij loog doelbewust. „Faas had grote plannen voor zijn bedrijf, maar die staan nu ook op sterk water. Mijn chef in de stad heeft zijn plannen met Faas voorlopig opgeschort. En dat allemaal omdat ik…"

„Jij bent je nood gaan klagen bij je baas?" riep Cato. „Dat is helemaal het toppunt!"

„Ik had geen keus. Ik wil je de hele situatie wel uitleggen, maar ik heb geen zin om dat hier op de stoep te doen."

Ze aarzelde duidelijk. Toen deed ze een stapje achteruit teneinde hem door te laten. Ze deed de deur achter hem dicht en liep voor hem uit naar de woonkamer. Maar een stoel bood ze hem niet aan.

Jos deed zijn verhaal. Dat hij eigenlijk bij de fabriek van Wisdom in de stad in dienst was en dat hij mede daarom bij Faas werkte omdat die twee grote plannen hadden voor de toekomst.

„Waar nu niets mee van terecht kan komen. Want Faas

is net zo koppig als jij. Als Wisdom mij niet als één van zijn mensen bij hem kan plaatsen, gaat het hele verhaal niet door. En dat zijn grote plannen. Wisdom wil hier een fabriek stichten, samen met je broer. Maar met mij als, nu ja, noem het tussenpersoon. Het is geen kwestie van een paar daalders, maar van tonnen. Nu komt deze affaire ertussen en dreigt alles als een luchtbel uiteen te spatten."

„Ze zijn gek!" liet Cato zich ontvallen.

„Och, wat is gek," haakte Jos erop in. „Vanmorgen in alle vroegte heb ik het opgenomen voor Annie, mijn vrouw. Ik weet niet wat je tegen haar hebt, maar er steekt geen draad kwaad in haar. Vóór ze de baby had was ze elke dag van vroeg tot laat in touw. En straks, als alles weer een beetje normaal is, zal ze dat weer doen. Dat verzeker ik je. Ik zeg je nu in alle rust dat je Annie verkeerd hebt beoordeeld. Je moet haar toch langer kennen dan vandaag."

„Ik vond dat ze lui was geworden."

„Misschien leek dat ook wel zo, maar het tegendeel is waar. Ze staat te springen om weer gewoon aan het werk te gaan. Maar nu met de verzorging van moeder erbij werd dat een beetje veel en dus…"

„Ik heb nooit tegen haar gezegd dat ze lui was."

„Je liet het merken in je houding tegenover haar. Ze had daar verdriet van. Veel verdriet. Ze raakt er overspannen van!"

„Dat mag niet gebeuren!" Cato schrok er werkelijk van. „Dat wil ik helemaal niet. Ik heb overspannen kraamvrouwen gekend, dat is een hel. Weet je dat?"

„Nee, maar ik kan het me voorstellen."

Cato had het niet makkelijk. Dat was haar nu duidelijk aan te zien.

„Ga zitten," zei ze ten slotte. Ze schudde haar hoofd. „Ik

heb nog nooit met iemand gebroken en het dezelfde dag weer goed gemaakt. Dat kan en wil ik met jou ook niet. Je hebt mij als de eerste de beste meid de deur gewezen. Dat hoef ik van een snotneus als jij niet te nemen."

„Natuurlijk niet," knikte Jos.

„Van de andere kant kan ik je schoonmoeder en je vrouwtje niet zomaar in de steek laten."

„Annie kan zichzelf redden. Zover is ze wel. Ze is al de hele dag druk met de baby en zoal meer. Dat komt allemaal goed. Alleen, met moeder erbij met dat ongelukkige been van haar, is het even nog te veel. Ik zou haar natuurlijk kunnen helpen, maar dan kan ik niet naar mijn werk bij Faas. En dan zit hij weer met problemen."

„Tja…" Het bleef even stil en toen zei Cato: „Als je wilt, kom ik een paar keer per dag naar je schoonmoeder kijken. Het huishouden laat ik dan aan Annie over. Jij bent er tenslotte ook nog."

„Het lijkt mij een ideale oplossing. En nog wel mijn excuses voor de lompe manier waarop ik je vanmorgen heb behandeld. Dat gaf geen pas."

Een wrange glimlach van Cato: „Ik had het, denk ik, wel verdiend. Niet zo, niet door een blaag zoals jij, maar toch…"

Jos stak zijn hand uit „We zijn allemaal maar mensen."

„Je zegt het," zei Cato en ze gaf er een klets op als een marktkoopman. „Zeg tegen je vrouwke dat ik morgenvroeg weer even naar moeders kom kijken."

Jos had de bazige vrouw wel kunnen zoenen van opluchting. Maar hij deed het niet, hij was wel wijzer. Stel je voor dat ze hem een draai om zijn oren gaf. Dan had je de poppen weer aan het dansen.

Nee, Jos ging content naar huis. Alle problemen waren opgelost. Cato wist nu hoe de zaak erbij stond en Jos had laten zien dat hij geen watje was. Nu ja, hij had een hoop heibel veroorzaakt over een probleem dat beter binnenshuis kon worden opgelost. Want wat wil het geval? Cato had niet enkel haar boosheid uitgesproken tegen haar oude broer Faas. Ze was er ook de straat mee opgegaan, zoals dat heet. Ze moest haar gif toch ergens kwijt en dus had ze in de kruidenierszaak met een paar vrouwen staan praten en die hadden met gespitste oren geluisterd. En die vrouwen namen dat mee naar huis en zijn spraken erover met hun mannen. En die mannen troffen elkaar op zondagmorgen na de dienst in de kroeg tegenover de kerk. En zo kwam Faas het weer aan de weet. En het wonderlijke was dat de affaire leek uitgegroeid tot een levensgroot conflict tussen Faas, zijn pupil, zoals hij Jos wel eens placht te noemen en een heel rijke stinkerd die van plan was een grote fabriek te gaan bouwen op het erf van Faas.

„Het maakt ons weinig uit wat jij allemaal uitspookt, Faas," zei Sjaak de aannemer. „Maar je begrijpt wel dat wij niet van achterbakse streken houden. Enne… als er gebouwd moet worden, je weet mij te vinden."

Ko, de huisschilder beaamde dit voor de volle honderd procent en ook hij bood op voorhand zijn diensten aan. Kort en goed, terwijl er bij Willem Wisdom nog geen enkele duidelijke lijn op papier stond, hadden de mensen al besloten dat het een enorm bedrijf ging worden waar het hele dorp goed mee was.

Behalve de coöperatie natuurlijk. De kopstukken daarvan konden op hun klompen aanvoelen dat zo'n groot bedrijf ook een enorme concurrent kon zijn. En daar waren zij huiverig voor. Beter gezegd, daar waren ze als de dood zo benauwd voor. Kijk, voor een eenvoudige dorpssmid als Faas hoefde niemand het in de broek te doen. Dat was in zekere zin een verlengstuk van de coöperatie. Zo'n smid was er om diensten te verlenen aan de lokale bevolking. Maar een heuse fabriek, die van alles ging produceren, die kon de coöperatie wel eens het gras voor de voeten weg gaan maaien. En daar kon niemand blij om zijn.

Het waren allemaal gissingen, rondvertelde verhaaltjes waar slechts een vleugje waarheid aan kleefde, maar het bracht niettemin veel onrust in het dorp. Faas kreeg ermee te maken toen hij, toevallig met Jos, het dorpscafé binnenstapte. Meteen viel er een broeierige stilte die na enkele ogenblikken aan stukken werd gescheurd door een wilde opmerking: „Daar zijn ze! De fabrikanten!"

Faas schrok heel even, maar hij was niet bang uitgevallen.

„Dag, eenvoudig klootjesvolk!" groette hij monter terug. „Neem er eentje van mij, allemaal."

Instemmend gemompel volgde. Aan een tafeltje stond een man op in een net pak. Dat was er een van de coöperatie. Hij kwam bij Faas en Jos staan en gaf een dikke knipoog weg.

„De grootgrondbezitters!" monkelde de man die Buikvliet heette en die zijn naam alle eer aandeed. „Jullie komen ons natuurlijk vertellen wat er staat te gebeuren de komende tijd."

„Ik mag stikken als ik weet waar je het over hebt," zei Faas onnozel. „Kom nou, zeg. De geruchten die de ronde doen, zeggen genoeg."

„Ik heb ronduit schijt aan geruchten!" zei Faas en hapte van zijn glas bier. „Als jij mij nu vertelt wat er allemaal wordt beweerd, dan kan ik daarop reageren. Aan ouwe wijven praatjes heb ik niets."

„Jij weet bliksems goed waar ik het over heb en waar het dorp van gonst. Jij gaat bouwen, Faas, samen met een fabrikant in de stad. Deze doorschieter…" hij wees naar Jos, „is er een meeloper van. Hij werkt daar in de fabriek. Zeg eens dat het niet waar is."

„Ik werk bij Faas," zei Jos. „Dat is geen geheim."

„Jij werkt op twee plaatsen. Bij die grote meneer uit de stad zit jij op het kantoor en hier bij Faas run je de werkplaats. Als een soort voorloper! Zeg eens dat ik het lieg."

„Alleen het laatste. Ik ben geen voorloper, van niets en niemand," zei Jos met opgezette borstkas. „Overigens, hoe ik mijn zaakjes regel gaat geen mens wat aan."

„Hoor hem!" riep er een. „Dat komt van de stad, kaapte ons de mooiste meid voor de neus weg en gaat nu ook nog de grote meneer spelen. Pas maar op jij, dat je niet op een ongelukkig ogenblik ergens tegenop loopt!"

„Dan begrijp ik niet," zei Jos onnozel. Hij stootte Faas aan. „Begrijp jij het?"

„Hou je koest of er komt heibel! Kom, we gaan weg." Faas rekende af en liep naar de deur. Jos kwam achter hem aan. Hij zag te laat de voet die hem pootje lichtte. Hij struikelde en kwam op zijn knieën terecht.

„Oplichter!"

Jos kwam overeind en draaide zich om. „Dat neem je terug!"

„Hij neemt niets terug en jij gaan met mij mee," commandeerde Faas. Het volgende moment stonden ze op straat. Tientallen koppen grijnsden vanachter het raam naar hen. „Laat ze. Wegwezen hier!"

„Jammer!" zei Jos dapper. Maar hij meende er niets van.

„Morgen ga ik met Wisdom praten en jij gaat met mij mee!" De oude smid stak zijn kin vooruit. „Ik zal die hufters eens een toontje lager laten zingen! Ze schijnen mij nog steeds niet te kennen. Nou, dat wordt dan hoog tijd. Ze zullen straks smeken om een baantje! Dat zeg ik je!"

„Roep maar niet te hard. Praten is een ding, maar doen is anders."

„Jij kent mij evenmin."

„Misschien niet, of misschien toch wel. Een klein beetje," zei Jos.

Daar bleef het bij tot op een morgen de dikke auto van Wisdom het dorp binnenreed. Hij zette hem pal voor de werkplaats en Wisdom liep meteen naar binnen. Er werd druk gewerkt en Wisdom zag dat met genoegen aan. Jos ging naar hem toe en wenste hem goedemorgen.

Wisdom gromde wat. Het leek op het snorren van een grote poes. „Waar is Faas?"

„In huis denk ik. Zal ik hem roepen?"

„Nee, ik ga wel naar hem toe. En jij gaat met mij mee."

Ze verlieten de werkplaats en staken het erf over. Daar kwam Faas hen al tegemoet. Er werden handen geschud en Wisdom zei: „Het is zover. We kunnen aan de slag."

„Zomaar? Meteen?" vroeg Faas.

„Nee, natuurlijk niet. We moeten eerst onze plannen vastleggen op papier. Er moet een architect bij komen. Vergunningen moeten worden aangevraagd. Maar vóór wij zover gaan, moeten wij het eens worden."

„Dat waren we toch al?"

„Oh, dacht je dat?" Wisdom klopte op zijn binnenzak. „Ik heb een paar schetsjes laten maken. Kijken of jij het ermee eens kunt zijn. Want het is jouw grond waar het op komt te staan. Denk daar wel aan."

„Daar denk ik voortdurend aan."

„Dan is het goed."

Binnen kwamen de schetsen op tafel en Jos keek zijn

ogen uit. Hij zag een ruime, rechthoekige hal, met een kantoorgedeelte. En Wisdom legde uit: „Er moeten lascabines komen, een smederij, een lakspuiterij, noem maar op. Wij hebben dus een ruime hal nodig, niet te overdreven groot, maar toch voldoend, zodat we voorlopig uit de voeten kunnen. Een fatsoenlijk kantoor moet er ook zijn en een tekenkamer. Dat wordt jouw afdeling Jos. Laat daar je gedachten maar eens over gaan. Bedenk wat je nodig hebt en zet dat op een lijstje."

„Wacht even!" Jos keek de grote baas verbaasd aan. „Ik weet niet eens wat mijn rol zal zijn in het geheel, meneer. Ik ben constructeur, maar wat valt er hier te construeren? Een nieuw model schop? Dat soort dingen?"

„Alles waar jouw vindingrijke geest je toe brengt."

„En ik?" vroeg Faas een tikje kregel. „Mag ik ook nog meedoen? Laat het even duidelijk zijn dat er op mijn grond wordt gebouwd."

„Verbouwd!" verbeterde Wisdom. „Een nieuw bedrijf met jou aan het hoofd! Hoe lijkt je dat?"

„Dat klinkt al beter," zei Faas. „En jij?"

„Op de achtergrond draai ik voluit mee. Maar mijn grootste belangen liggen in de stad. Begrijp dat goed. Daarom gaat de zaak hier jouw naam dragen. Iets van Faas en Co of iets dergelijks."

„Lijkt me niet logisch," waagde Jos op te merken. „Geef het een merknaam die terug te vinden is op alle produkten die hier de poort uitgaan."

„Nu hoor ik je!" prees Wisdom. „Faas, deze man moet je hier houden. Hij kan wat en hij heeft ideeën. Hij is goud waard. En dat zeg ik je waar hij zelf bij is."

„Ik weet het. Maar hoe moet ik hem houden als hij in de stad ook een betrekking heeft. Een baan die ik voorlopig niet kan betalen."

„Onze Jos hier is mijn goudhaantje. Stel hem aan als het hoofd van de staf. Als ontwerper, constructeur, noem maar op. Over zijn inkomen praten we nog wel. Dat zal dik in orde zijn, dat beloof ik. Bovendien krijgt hij van mij de garantie dat hij altijd op het oude nest terug kan komen als het mis mocht gaan. Maar dat gebeurt niet, daar ben ik zeker van." Faas leunde achterover. „Dus we gaan van start, We gaan ervoor?"

„Voor de volle honderd procent!" zei Wisdom. „En jij De Vet, hoe sta jij er tegenover?"

„Ik vind alles prima. Al vind ik het minder leuk dat er over mijn hoofd heen over mij wordt beslist."

„Je ziet het toch wel zitten?" vroeg Faas.

„Zeker. Maar ik vraag wel een beetje inspraak. Niet veel. Ik begrijp dat er in het bestuur voor mij geen plaats is. Maar ik moet, als dat nodig is, mijn stem kunnen laten horen."

„Jij wilt een officiële aanstelling?"

„Ik wil graag iets op papier," verduidelijkte Jos. „Afspraken zijn mooi…" Faas maakte een wegwuivende handbeweging: „Jij krijgt een contract."

„Dat is mooi." Jos glimlachte. „En meneer Wisdom?"

„Jij valt niet in twee kuilen tegelijk. Zoals ik zei, mocht het misgaan, dan kom jij gewoon weer bij mij in de stad op je oude plek. Moet ik nog duidelijker zijn."

„Mijn contract bij u blijft dus lopen."

„Dat blijft."

„Mooi!" Jos lachte fijntjes. „Dan ben ik heel tevreden. Mijn medewerking hebt u. En jij ook Faas. Jij kunt op mij rekenen!"

„Moest er nog bijkomen dat je me nu in de steek liet!" gromde de grote baas. „Overigens wil ik er wel voor waarschuwen geen rare bokkensprongen uit te halen."

„Zoals?" viste Faas.

168

„Het is niet de bedoeling dat wij de zaak gaan overhaasten. Haastige spoed is zelden goed."

„Daar kan ik het mee eens zijn," onderstreepte Faas.

„Het heeft geen zin om op stel en sprong een grote
loods te gaan bouwen. Luister goed, dat is wel de uiteindelijke bedoeling, het uiteindelijke streven zogezegd. Maar eerst moeten we er zeker van zijn dat er een
grond van bestaan voor een dergelijke zaak bestaat."

„Ik dacht dat jij daarvan overtuigd was."

„Ik wel, maar de mensen nog niet," merkte Jos vrij-
moedig op. „We hebben het laatst gemerkt in de kroeg,
Faas."

„Tegenstanders houd je altijd. Dat is niet erg."

„Het wordt anders als het aantal tegenstanders groter
is dan de medestanders," kwam Jos weer. „Ik heb een
idee."

„Ideeën zijn altijd welkom. Laat maar eens horen."

„Zou het niet verstandig zijn na te gaan in hoeverre er
een grond van bestaan is voor de zaak. Want je kunt
wel zeggen we gaan dit bouwen en we gaan dat en dat
allemaal maken, maar als de mensen hun gat naar ons
toekeren, staan we in ons hemd. Vergeef mij de beeld-
spraak, meneer Wisdom."

„Het is klare taal en daar houd ik van. Wat jij nu onder
woorden brengt, speelt al langer door mijn hoofd. Een
onderzoek naar de haalbaarheid van ons streven. Jos,
als ik mij niet vergis ben jij hier bij de coöperatie al
zowat kind aan huis. Jij kent de mensen daar. Ga daarin eens wat pionieren. Leg contacten met vestigingen in
de omgeving. Ga praten met het hoofdkantoor, knobbel
uit waar zich dat bevindt…"

„Dat is makkelijk genoeg, in de stad!"

„Kijk eens aan. Het gaat erom uit te zoeken of wat
wij voor ogen hebben recht van bestaan heeft. Jos, er

ligt een heel werkterrein voor je open.

„Wij moeten de boeren in de wijde omtrek niet vergeten," bracht Faas naar voren. „Zij zijn mijn klanten, altijd geweest. Het zou een ramp zijn als ik die zou verliezen door al dit gedoe..."

„Gebeurt niet. Ik heb daar al aan gedacht. Een werkplaats alleen is het niet. Niet voldoende in elk geval. Als aanvulling op de reparaties die jij al sinds mensenheugenis voor de mensen verricht, moet er een winkel komen. En in die winkel komen op de eerste plaats de door ons gemaakte gereedschappen, voor huis en tuin."

„Daar zal de coöperatie niet blij mee zijn. Om maar te zwijgen van de boerenbond. Zij zullen ons tegenwerken."

„Zij zullen meewerken! Als wij onze produkten tegen een bodemprijs aanbieden."

„Het spijt me, maar dit wordt mij te veel!" Faas stond op. „Ik mocht willen dat ik hier nooit aan was begonnen. Ik wil geen gedonder onder de mensen waarvoor ik mijn leven lang heb gewerkt en die mij vertrouwen. Dat vertrouwen heb ik door de jaren heen opgebouwd en dat wens ik niet te verliezen. Wisdom, ik vraag mij af wat jij eigenlijk van mij wilt. Is het een gril van je, om naast je grote zaken in de stad ook op het platteland te willen opereren? Waarom eigenlijk? En waarom op zo'n grote schaal? Mijn werkplaats zoals ze nu is, is mij groot genoeg. En och, een paar knechtjes erbij, dat zie ik ook nog wel zitten. Maar in jouw verhaal groeit het allemaal uit tot een bedrijf waar ik niet meer het zicht op kan houden. En dat gaat mij te ver. Nee, zo wil ik het niet!"

Het bleef even stil. Toen zei Wisdom: „Niemand neemt jou je eigen, vertrouwde bedrijf af, als je dat soms bedoelt. En je moet mij niet kwalijk nemen dat ik wat hoogdravend te werk ga. Want dat is mijn aard, dat heeft mij groot gemaakt. Jij hoeft dat niet meer en gelijk heb je. Laat eens horen wat jij het liefste zou zien. Je eigen werkplaats en dan…"

„Mijn werkplaats zoals die er nu bij ligt. Eventueel wat meer uitgebreid. Wellicht een paar man personeel erbij. En een winkel waarin het spul verkocht wordt dat wij zelf fabriceren, Huis-, tuin- en keukenspul."

„Wacht even. Maar dan kom je toch ook in conflict met de coöp."

„Niet als ik de door mij gemaakte spullen aanbied tegen inkoopsprijs."

„Jij wilt hen tot jouw klant maken? Dat is knap! Dat is geniaal! En je wilt een winkel, zeg je? Ook dat is een gouden vondst. Mensen, we zijn eruit." De directeur wreef zich in de handen. „We gaan niet hoogvliegen. We blijven met de voetjes aan de grond. Maar wij gaan wel in zaken. Jos, kerel, jouw missie is duidelijk. Geef ruchtbaarheid aan de zaak. Ga op pad tot je voetzolen zijn versleten. Faas, jij hebt vast al een idee over hoe alles er moet gaan uitzien. Haal er een architect bij, een aannemer en wat dies meer zij. We gaan het maken! Zo vast als een huis!"

Intussen lag het werk op de boerderij zogoed als stil. Jos deed wat hij kon om de stallen netjes te houden en de beesten te verzorgen, maar hij kon niet van vroeg tot laat bezig zijn. Hij was te zeer vervuld van zijn werk bij Faas.

Vreemd was dat eigenlijk. Zijn hele leven en werk bestond toch uit zijn opleiding en zijn werk bij Wisdom. Hij had daar een goede betrekking, verdiende er een goed salaris. Waarom zou hij het zichzelf dan zo moeilijk gaan maken bij Faas. In wezen was dat toch maar

171

een uit zijn krachten gegroeide smid, met een werk-plaatsje van niks en een paar klunzige handlangers. Wat had hij daar eigenlijk te zoeken? En waarom spoorde Willem Wisdom hem aan om zijn beste krach-ten daaraan te besteden en niet in het eigen bedrijf? Het was zo onlogisch als het maar kon zijn. En toch gebeurde dit alles.

Jos zocht zijn bezigheden op de boerderij, waarbij hij Annie en de inmiddels zo goed als herstelde moeder voor de voeten liep. Hij spoot de stallen schoon. Hij ging met een emmer witkalk aan de slag om de zaak weer een wat properder aanzien te geven. Hij ruimde het erf op. Allemaal dingen die gedaan moesten wor-den, maar die geen voldoening boden. Hij ging praten met de mensen van de coöperatie. Hij kreeg weer met Buikvliet te maken die na de eerste ontmoeting minder toegankelijk bleek dan hij verwacht had.

„Wij doen zaken met vaste toeleveranciers," merkte hij droogjes op. „Wij onderhouden nauwe banden met de boerenbond. Maar…" voegde hij er op langgerekte tijd aan toe, „dat wil niet zeggen dat wij niet benieuwd zijn naar wat er door jullie geboden wordt. Al blijft het moeilijk om uit een veelheid van aanbiedingen een keuze te maken."

„Dus het moet eerste kwaliteit zijn en scherp aan de prijs?" vroeg Jos. „Precies dat zijn de criteria," zei Buikvliet.

„Dat betekent dat ik met een aanbod kan komen als het zover is?"

„Natuurlijk. Maar ik kan niets beloven."

„Wij gaan u overtuigen, dat beloof ik u!"

„Dat zou mooi zijn. Werkelijk, dat juich ik toe."

Met die boodschap op zak was Jos weer vertrokken. Hij ging op de motorfiets naar de omliggende dorpen en daar stak hij zijn verhaal af bij elke ijzerhandel en bij elke winkelier die ervoor in aanmerking kwam. Hij kwam thuis met toezeggingen, maar geen beloftes. Hij had ook niet anders verwacht. Maar hij had zijn gezicht laten zien en hij had kunnen vertellen wat er ging gebeuren. De rest was afwachten.

Faas leek de smaak te pakken te hebben. Hij liet een architect komen en die liet hij een ontwerp maken voor een winkelpui aan de voorkant van zijn werkplaats, pal langs de straat. En hij droeg Jos op ontwerpen te maken voor tuingereedschap. Eenvoudig, degelijk en niet duur. Spullen voor in en om het huis, zoals stoffer en blik, zag hij niet zo zitten. Tuingereedschap gaf een scala aan mogelijkheden om in de eenvoudige werkplaats te maken. Bruikbaar spul, met wisselbare handgrepen. En Jos ging aan de slag.

Thuis kreeg hij het nu moeilijker. Elke minuut van zijn vrije tijd was hij bezig voor Faas. Hij begon zijn gezinnetje een beetje te verwaarlozen. Het was Annies moeder die hem daarop moest wijzen.

„Jij maakt van mijn dochter een huismus en zelf vlieg je elke dag uit," verweet ze hem.

„Het is maar tijdelijk," was het verweer van Jos. „Straks als alles loopt, heb ik tijd in overvloed. Maar nu is het even druk."

„Bedaar een beetje. Het is je eigen hachie niet dat je aan het dienen bent!" wees de moeder hem terecht. „Wat haal je ook op je hals? Je hebt een goede baan in de stad. Waarom kun jij het daar niet bij laten? Waarom risico's lopen? Want dat er risico's aan vastzitten is duidelijk. Als heel dat gedoe van Faas op niets uitdraait, sta jij op de keien."

„Nee. Dan heb ik nog steeds mijn baan bij Wisdom!"

„En jij gelooft dat? Ik heb weinig verstand van dit soort

zaken, maar ik geloof nooit dat jouw collega's je nog zullen pruimen als jij een poos op kosten van de baas hier aan het knutselen bent geweest. Wees wijs, Jos! Blijf bij je stiel. Vergeet dat gedoe met Faas en ga terug naar de stad om te werken. Dan krijg je eindelijk de rust en de tijd om je met je vrouw en de kleine te bemoeien."

„Je praat mij een schuldgevoel aan, moeder!"

„Dat zou elke moeder doen in mijn plaats. Waarom ga je niet met je eigen vader en moeder praten. Vraag hun wat zij ervan vinden."

„Dat weet ik op voorhand al," zei Jos bedrukt. „Zij zullen jou gelijk geven. Maar ik kan nu niet meer afhaken. Faas heeft mij werk gegeven toen ik het geld goed kon gebruiken. Ik laat hem nu niet in de steek!"

„Dan moet je het zelf maar weten. Maar ik beklaag mijn dochter met zo'n vent!"

Het was een hard oordeel, maar niet helemaal ten onrechte. En Jos besloot elke dag een paar uur vrij te maken voor Annie en de kleine. Het was in die periode dat Jos een pijnlijke, directe afstraffing te verduren kreeg. Hij was voor Faas even het dorp in geweest voor een klein klusje. Het noodlot wilde dat het klusje in het dorpscafé moest gedaan worden.

Toen hij er binnenkwam, zaten er een paar jonge kerels uit het dorp aan de toog. Ze hadden het best naar hun zin, zo te zien. Het was alleen jammer dat juist Jos daar moest binnenkomen. En dat lieten ze merken.

„Oppassen! Indringers over de vloer!" waarschuwde een van hen. „Ik kom enkel de bierpomp afsluiten," zei Jos

„Hij zwamt maar wat," zei Jaap de kroegbaas. „Hij komt voor een klusje waar ik hem bij nodig heb. Het is achter het huis te doen, kerel," dit tegen Jos. „Het heeft iets te maken met de pomp. Die vertikt het. Het is een oud kreng. Kijk maar of je er iets van kunt maken."

„Oei, dat is dom," riep een van de kerels. „Je legt die sijsjeslijmer de woorden in de mond. Voor je er erg in hebt, heeft hij je een nieuwe pomp aangesmeerd!"

„Ja, het is een linkerd," zei de ander. „Hij heeft de smederij van Faas al bijna helemaal in zijn zak zitten. Hij kleed hem uit tot op zijn hemd en nog verder. Kijk maar uit met hem."

„Kijk jij maar uit," zei Jos gekrenkt. „Een geintje kan ik best velen, maar het moet niet te lang duren!'

„Ai, hij voelt zich aangesproken. Ga maar gauw, jongske. Je klusje wacht!"

Jos ging, maar om bij de deur achter de tapkast te komen moest hij langs de branieschoppers heen. Een van hen zette zijn voet ervoor. Jos struikelde maar bleef overeind.

„Je staat niet erg stevig op je benen, is het wel maat? Meer pap eten en vroeg uit bed, achter de gebreide broek vandaan, dat wil wel eens helpen."

Jos haalde diep adem. De insinuatie was te grof voor woorden.

„Hebben jullie niets beters te doen dan mensen lastig vallen," vroeg hij. „Ja, hoor. Als ze ons echt niet bevallen grijpen we ze. Maar jou doen we niets. We zouden je botjes kunnen breken."

Jos kookte van binnen, maar hij hield zich in. Hij liep naar achteren. Het was inderdaad een oude pompinstallatie om de beesten van drinkwater te voorzien en om alles schoon te spuiten als dat nodig was. Jos had er niet veel verstand van, maar hij wist het probleem toch wel aan te wijzen. De zuiger was ooit provisorisch gerepareerd en zat met een dikke ijzerdraad aan de stang vast. Het zaakje rammelde, ging wel op en neer, maar haperde ook voortdurend en het was een wonder dat de pomp nog niet was vastgelopen.

„Dat valt niet zomaar te repareren," zei hij tegen de kroegbaas. „En het is de vraag of er van deze pomp nog onderdelen te krijgen zijn. Ik zal het er met Faas over hebben."

„Je bedoelt dat ik aan een nieuwe pomp toe ben?"

„Dat beweer ik niet. Als ze te maken is, wordt ze gemaakt. De vraag is maar…"

„De vraag is of je een nieuwe pomp wilt kopen, Jaap!" De gabbers waren ook naar achteren gekomen. Kennelijk waren ze daar kind aan huis. Nu stonden ze te grijnzen, knipoogden uitdagend naar Jos. „Ik koop niks," zei Jaap. „Die pomp moet maar gerepareerd worden."

„Dat kan, maar dat kost tijd," zei Jos.

„Zie je wel. Hij wil je toch op kosten jagen."

„Daar ben ik zelf bij," zei Jaap.

„Weet je wat. Ik zal Faas zelf sturen," stelde Jos voor. „Met Faas kan ik praten."

„Met mij ook. Maar niet in het bijzijn van deze grappenmakers." Jos wist op datzelfde moment dat hij iets te veel zei, maar het leed was geschied.

„Die snuiter moet ons niet!" zei een van hen.

„Hij is niet op ons gezelschap gesteld," zei de ander. Hij kwam naar Jos toe, ging pal voor hem staan en keek hem uitdagend aan. „Waarom jaag je ons niet weg, knulletje van niks?"

„Kom aan! Ophouden met die flauwekul," bezwoer Jaap de kroegbaas. Maar het klonk nogal zwakjes. Hij kende de snuiters, wist waartoe zij in staat waren.

Jos wist dat niet, maar hij had een haarscherp vermoeden. Ik moet hier weg, dacht hij. Daar komen brokken van. Hij draaide zich om en liep naar de deur. Meteen kreeg hij een trap in zijn knieholte. Hij viel.

„Och, kijk nou! Hij gaat nu al door de knieën! Maar, jochie toch!"

Jos stond op en sloeg naar het grijnzende gezicht. Hij deed het in een reflex en hij sloeg raak. Iets wat de kerel niet verwachtte. Hij keek zelfs verbaasd. Jos sloeg nog eens en keek uit naar de andere schavuit die ook al klaar leek te staan om hem te grazen te nemen.

„Ho! Wacht even!" Jaap de kroegbaas sprong ertussen. „Hier wordt niet gevochten! Zijn jullie helemaal gek geworden. Ophouden, of jullie zijn de laatste keer in mijn zaak geweest! Wat zullen wij nu beleven?"

„Hij begon, Jaap. Hij sloeg!"

„En jij deed niets. Nee, ik heb mijn ogen in mijn zakken zitten. Probeer mij nu niets wijs te maken, daarvoor ken ik jullie veel te goed. Ophouden dus met de flauwekul. En jij maat," dit tegen Jos. „Vraag Faas maar of hij zelf even langs wil komen. Dat lijkt mij het beste."

„Mij ook," zei Jos en hij wandelde weg. Hij voelde de ogen van de heibelzoekers in zijn rug branden.

Hij vertelde Faas wat er was voorgevallen. Het gezicht van de oude smid stond meteen op honderd dagen onweer.

„Dit is foute boel, jongen!" zei hij. „Het zijn stemmingmakers. Onruststokers. Ze hebben er zelf geen belang bij wat hier gebeurd, maar het geeft ze een aanleiding om de ruige jongens te spelen die voor de goede zaak opkomen. Wat voor zaak dat is, interesseert ze niet. Dat ze daarbij mijn goede naam door de modder sleuren interesseert ze evenmin. Het is sensatie en daar zijn ze dol op."

„Is er geen manier dat te voorkomen?" vroeg Jos.

„Misschien. Ik heb een fout gemaakt. Dat realiseer ik mij nu. Ik ben niet meer de goede vertrouwde smid die ik was. Ik heb jou in huis gehaald, ik ben op mijn oude dag aan een bedrijfje begonnen en dat had ik niet moeten doen. En nu ga ik nog uitbreiden ook. Het zal op weerstand stuiten. Dat is maar op één manier tegen te gaan. Ik moet openheid van zaken geven. Ik moet met de mensen gaan praten. In volle openheid. In het café of waar dan ook."

„Waarom niet in het zaaltje van het café? Een voorlichtingsavond?"

„Daar zeg je zowat. Maar nee, dat is niks voor mij. Ik ben geen prater. Ik zou meteen de klem in mijn kaken krijgen als ik al die mensen voor mij zag."

„Willem Wisdom zou er geen moeite mee hebben!"

„Jij evenmin. Jij weet je mondje ook te roeren als het nodig is. Ja… ja…" mijmerde Faas. „Het idee is nog niet zo kwaad. Voorlichting geven vóór er achterdocht ontstaat. Ja. Het is de moeite waard om er met Wisdom over te praten."

„Gegarandeerd dat er dan garen op de klos komt," zei Jos. „En je zou voor de verandering zelf een beslissing kunnen nemen. Als jij met de mensen in het dorp wilt praten, dan is dat jouw zaak. Wisdom is een goede meneer en hij meent het goed met jou en met mij ook. Maar hij is niet alwetend. En hij is niet van hier."

„Hm, daar zeg je zowat. Dus jij meent dat ik op eigen houtje…"

„Sinds wanneer geef ik jou adviezen? Nee, baas. Ik doe je een voorstel, maar jij moet zelf weten wat jij daarmee aanvangt. Jij weet hoe jij met de mensen hier moet praten. Jij kent iedereen en iedereen kent jou. Jij zult heus wel uit je woorden komen, daar ben ik niet bang voor."

„Tja, je hebt nog gelijk ook. Laten we het doen. Ik zal bij Jaap vragen wanneer ik het zaaltje kan gebruiken.

En dan moet het nog bekend worden gemaakt."
„Plak een groot papier op de ruit van het café, de dorpstamtam doet de rest. Je zult het zien."
„Het is toch eigenlijk te gek, dat jij mij staat te vertellen wat mij te doen staat."
„Er gebeuren wel gekkere dingen in de wereld," grijnsde Jos.

HOOFDSTUK 11

De Kleine Winst

Misschien had Faas meer mensenkennis dan Jos en in elk geval was hij beter op de hoogte van de gewoonten en gebruiken in het dorp, maar over de mentaliteit van de doorsnee burger bleek Jos gelijk te hebben. Faas huurde het zaaltje van het café en liet de bekendmaking van zijn plan aan Jaap, de kroegbaas over. Die deed bijna exact wat Jos had voorgesteld, alleen plakte Jaap de bekendmaking op de spiegel achter de tapkast. Er werd kennis van genomen en het werd het gesprek van de dag. Faas de dorpssmid had de mensen wat te vertellen.

Dat was nieuws, ook al gingen er de laatste tijd steeds meer geruchten rond over Faas en zijn smederij. En over Jos de Vet die daar zijn gat mooi had ingedraaid en die vast en zeker de zaak van de oude smid ging overnemen.

Zo ging het praatje en nu wilde Faas met de mensen praten. Nou, dat wilden de mensen wel meemaken. Op de bewuste avond stroomde het café vol. De tussendeuren naar het zaaltje waren opengeschoven en op het podium stonden een tafeltje en een stoel als een stilleven in het licht van de lampen.

Het was een geroezemoes van jewelste. En dat werd nog heviger toen Faas en Jos het café binnenkwamen. Die twee liepen meteen door, het zaaltje in en warempel, Faas beklom met zijn oude knoken het podium. De mensen bleven aarzelend bij de doorgang staan, alsof de zaal verboden terrein was. Pas toen Faas begon te zwaaien en te roepen dat ze verder moesten komen kwam er beweging in de meute.

„Kom verder en laat mij mijn bek niet schor schreeuwen. Kom dichterbij, zodat ik jullie snuiten kan zien. Zo, Ko, ben jij er ook? En jij Bertus, mocht je weg van moeders? Gezellig!"

Er werd een beetje ongemakkelijk gelachen. Faas de smid die de pias speelde, dat was nog nooit vertoond. En Faas ging door.

„Ik heb er geen flauw benul van wat jullie van mij verwachten. En zelf weet ik ook niet hoe ik moet beginnen…"

„Je bent al aardig op weg!" riep iemand. „Ga zo door!"

„Zal ik doen!" hapte Faas. „Ik vertel niks nieuws als ik zeg dat er de laatste tijd behoorlijk gepraat wordt over mijn zaak. En ik weet wel hoe dat zo gekomen is. Een tijd terug heb ik met hulp van Jos de Vet – hier staat hij, de meesten van jullie kennen hem al! – ik zeg, met zijn hulp heb ik mijn werkplaats een beetje omgebouwd. Ik wilde dat al langer, maar er kwam nooit wat van. Het zaakje draait nu al een poosje en het gaat wonderwel goed. Dank zij jullie, beste mensen, die mij daartoe in de gelegenheid stellen."

„Jij wordt nog rijk van ons!" riep er een.

Gelach volgde en Faas lachte mee. „Ik hoop het waar te nemen. Kort en goed, mijn werkplaats draait en zoals dat meestal gaat: ik ben aan uitbreiden toe. Op je ouwe dag, zullen jullie zeggen en ik zeg het jullie na. Want voor hetzelfde geld had ik er een poos geleden de brui aan gegeven en de deuren gesloten. Maar het is de bemoeienis van dezelfde Jos de Vet geweest die mij van gedachten veranderde. En er was nog een belangrijk personage dat erop aandrong dat ik ermee moest doorgaan. Het heeft geen belang voor jullie om het allemaal haarfijn uit de doeken te doen, maar de uitkomst van dat alles is dat ik mijn zaak wil uitbreiden met een grotere werkplaats en een winkel aan de straatkant."

„Allee! Toe maar! Het kan niet minder!" De kreten klonken door elkaar en over elkaar heen en Faas keek Jos de Vet hulpzoekend aan. Die begreep de wenk en hij wipte op het podium. Hij stak zijn beide handen in de lucht en riep: „Niet allemaal tegelijk, alsjeblieft! Vragen zijn welkom, maar liefst de een na de ander! Niet allemaal tegelijk!"

„Waarom ben je niet gewoon smid gebleven, Faas?" schreeuwde iemand. „Was het te min voor je knechtje?" „Ik ben zijn knechtje niet," antwoordde Jos luid. „Ik heb Faas geholpen toen hij daarom vroeg en dat zal ik blijven doen, als je dat soms bedoeld."

Jos keek frank de zaal in. „Voor het geval er mensen zijn die niet weten wat ik hier in het dorp uitspook. Ik woon hier, ik ben hier getrouwd en ik ben van plan hier te blijven wonen. Ik heb een baan in de stad en die baan zal ik houden. Of jullie zouden mij schatrijk moeten maken, maar dat zie ik niet gebeuren.

Zonder dollen. Ik ben niet in vaste dienst van Faas, ook al lijkt dat zo. En als het er ooit in de toekomst toch van komt, zijn jullie de eersten die het te horen krijgen. Faas, zeg jij het nu maar weer!"

„Je bent anders goed aan de gang," gaf die terug. „Hoe dan ook. Er komt dus een werkplaats waarin net als vroeger allerlei reparatiewerkzaamheden voor jullie zullen worden gedaan. Daar verandert niets in. Ik ben er voor jullie, altijd geweest en dat blijft zo. En wat de winkel betreft... Jos, jij mag weer!"

„In die winkel zullen huis- en tuingereedschappen worden verkocht van eigen makelij. Degelijk spul uit eigen werkplaats. Te beginnen met een hark en een schoffel en gauw komen we met een meer uitgebreid aanbod. Het is nieuw, en de prijzen zullen echt de pan niet uit rijzen. Zo, nu weten jullie wat er staat te gebeuren. En alsjeblieft, oordeel niet te snel! Wacht het resultaat af. Het is de moeite waard!"

Er was handgeklap, bravogeroep. Maar er klonken ook een paar rauwe kreten: „Mieter op, stadse uitvreter!" en „Faas heeft jou niet nodig, lamzak!" Het waren dezelfde branieschoppers van laatst.

Faas stak zijn hand op en het rumoer verstomde.

„Voor het geval er mensen zijn die mochten denken dat ik te diep in hun portemonnee wil duiken, doe ik een belofte! Mijn huis- en tuingereedschap zal zeker niet duurder zijn dan elders. Eerder goedkoper. Want het gaat mij niet om het grote gewin. Die tijd heb ik gehad. Daarom ga ik op advies van Jos de Vet hier, de winkel ook een naam geven die erbij past. Het zal zijn „DE KLEINE WINST" Zodat iedereen weet wat de bedoeling is. En natuurlijk blijft mijn werkplaats de aangewezen plek voor huishoudelijke reparaties en klussen. Dat blijft zoals het altijd is geweest. Zo! Daarmee is alles gezegd. Enkel nog dit..." Faas trok zijn gezicht in een vrolijke grimas. „Jullie hebben het allemaal een te goed van mij!"

Het instemmend handgeklap bewees dat hij het pleit gewonnen had.

Er werd gebouwd bij Faas de smid. De voorgevel van zijn huis ging tegen de vlakte en daar kwam een pui voor in de plaats met twee grote etalageramen en in het midden een deur. Zo kregen de mensen een inkijk naar wat er binnen te zien was. En dat leek al gauw heel wat. Het leek een volledige ijzerwinkel te worden, waar van alles te koop was. En voor de huis-, tuin- en keukengereedschappen was de rechterkant helemaal vrij gehouden. Al bij al zag het er heel indrukwekkend uit.

En Jos trok er weer op uit. Hij nodigde Buikvliet van de coöperatie uit om eens een kijkje te komen nemen. Tegelijk zei hij erbij dat belangstellenden uit de omliggende gemeenten ook van harte welkom waren. Hij wist dat de boodschap razendsnel de rondte zou doen. Thuis liep alles weer op rolletjes. Annies moeder was weer op de been. Ze hinkte nog wel een beetje en 's avonds zat ze nog met haar been op een stoel, maar ze ging met de dag vooruit. Het zou niet lang mee duren of ze zou weer als vanouds de scepter zwaaien in de boerderij.

Dat moest ook wel, want Annie had het heel wat drukker gekregen dan voorheen. Het hebben van een baby was niet enkel een grote vreugde en geluk, het bracht ook veel werk met zich mee. Werk dat Annie met een opgewekt hart en met een glimlach om de lippen deed. Jos zag dat aan en zijn hart zwol van trots en blijdschap. Hij voelde zich een bevoorrecht man, in alle opzichten. Wat niet overdreven was.

Oh, hij begreep best dat de situatie zou veranderen als Faas zijn zaak eenmaal heropende. Hij besefte terdege dat hij niet van twee ruiven kon blijven eten, om het zo maar eens te noemen. Hij had nog steeds zijn salaris bij Wisdom, maar dat kon natuurlijk niet eeuwig blijven duren. En van de andere kant geredeneerd, zou het nog wel een hele poos duren voor Faas hem datzelfde, lang niet slechte salaris zou kunnen betalen. Het was een wikken en wegen en Jos lag er nu en dan wel eens wakker van. Hij had zich toch maar in een rare situatie gewurmd. Tot nu toe had hij twee banen met elkaar weten te combineren, dank zij de gulhartigheid van Willem Wisdom. En die had hem ook de garantie gegeven dat zijn inkomen onder geen beding ter discussie zou komen, wat er ook gebeurde.

Maar wat betekende dat als de plannen van Faas op niets uitdraaiden? Want alle goede voorbereidingen ten spijt, er bestond geen enkele garantie dat het bedrijf van Faas een succes werd. En wat zou de consequentie voor hem zijn, als de hele opzet een slag in de lucht bleek te zijn? Als er geen hond in de zaak kwam om een hark of een schop te kopen?

Zo piekerde Jos en hij vroeg zich af wat de houding van Wisdom zou zijn als de goed bedoelde plannen van Faas inderdaad op een flop uitdraaiden. Dan zal ik weer terug moeten aan mijn tekenplank in de stad. De collega's zullen mij met de nek aankijken en terecht. Ik heb weken, maandenlang op kosten van Wisdom kunnen pionieren bij Faas. De collega's hebben al een poos laten merken dat ze mij die bevoorrechte positie nu niet bepaald van harte gunnen. En neem het ze eens kwalijk. Hoe zou ik redeneren in hun plaats?

Jos praatte erover met Annie, maar die kon hem geen raad geven.

„Als je maar zorgt dat wij te eten hebben als de nood aan de man komt, dan is het mij best waar je de kost vandaan haalt!" zei ze.

Daar schoot Jos niets mee op en hij besloot nog eens met Willem Wisdom te gaan praten. Hij wachtte ermee tot Wisdom weer eens in het dorp kwam om poolshoogte te nemen. Hij legde hem zijn probleem voor.

„Eigenlijk heb jij het gevoel dat je bij geen van beiden hoort, is het wel?" stelde Wisdom vast. „En ik kan dat begrijpen. Het zou ideaal zijn als je beide functies kon combineren, maar dat is praktisch niet mogelijk." De grote baas stokte en vervolgde: „Waarom is het zo noodzakelijk dat jij bij mij op het kantoor komt zitten om je werk goed te kunnen doen. Je bent zelfstandig genoeg. Je hebt voldoende inspraak met mij buiten alle vaste regels om. Waarom ga jij niet... verhip, natuurlijk, dat is het!"

„Wat is wat, meneer Wisdom?"

„Luister en begrijp mij niet verkeerd. Jij bent bij mij in dienst en dat blijf je, zolang jij goed werk voor mij doet. En daar heb ik tot op heden nog geen klachten over. Maar datzelfde werk hoef je toch niet per se in de zaak op kantoor te doen. Er is toch nog zoiets als thuiswerk!"

Jos zijn mond viel open. „U bedoelt?"

„Net wat ik zeg. Heremijntijd, dit had ik al veel eerder kunnen bedenken. Heb jij thuis een ruimte waar je een bureau en een tekentafel kunt plaatsen? Ja?"

„Ik... ik denk het wel."

„Goed. Dan stel ik jou vanaf dit moment aan als thuiswerker in dezelfde functie die je op het kantoor had. Maar nu als volledig zelf werkzame kracht. Je krijgt de opdrachten van de zaak uit. Je woont de werkbesprekingen bij, zodat je met de hele gang van zaken op de hoogte blijft, maar jij werkt voor mij thuis! Wat dacht je daarvan?"

„Dat... dat is te mooi om waar te zijn, meneer!"

„Dat had je gedacht. Puur eigenbelang, beste kerel! Ik kan je niet missen, want jij bent een veel te goede kracht voor mij. En tegelijk wil ik dat je bij Faas een oogje in het zeil blijft houden, zodat de zaak niet ontspoort. Op die manier maak je het salaris waard dat ik je betaal en tegelijk houd ik bij Faas een dikke vinger in de pap. Want dat vind ik nog steeds een hartstikke leuk avontuur. Ik wil weten hoe dat afloopt, ik wil dat jij de vinger aan de pols houdt. Tegelijk werk jij aan de opdrachten die je vanuit de zaak krijgt."

„Oh, het is allemachtig mooi, meneer! Maar hoelang zal dat duren?"

„Je bent bezorgd voor je hachie. Dat siert je. Daarom zal ik je een nieuw arbeidscontract voorleggen, waarin dat thuiswerk is vastgelegd. Want of je nu op de zaak werkt of hier in dit dorp bij je thuis, dat maakt voor mij geen verschil. Ik heb het volste vertrouwen in je. Geef me de vijf!"

Het was een stevige handdruk die Jos kreeg.

Het was in dezelfde week dat Jos bij zijn wekelijks bezoek aan zijn ouders in de stad een bericht aantrof uit Israël. Het was in het Engels gesteld. Daarin werd medegedeeld dat de hoogedele Nathan Slieger het aardse leven had verlaten. Het trof Jos meer dan hij van zichzelf had verwacht.

„Ik geloof niet in sprookjes," zei hij tegen zijn vader... Maar het lijkt wel dat de oude rakker met zijn verscheiden heeft gewacht tot ik in veilige haven ben beland."

„Er gebeuren wel meer onverklaarbare dingen," zei vader. „Wie ooit gezegd had dat jij nog ooit terecht zou komen zoals nu het geval is, zou voor een fantast zijn versleten. De wonderen zijn de wereld nog niet uit." Jos accepteerde de wijze woorden voor wat zij waard waren. Maar dagen daarna dacht hij nog aan Nathan en kwamen flarden van herinneringen in hem op aan vroeger, toen hij als jongen in diens duiventil de planken vloer lag af te krabben. Wat leek alles toch vreselijk lang geleden.

Jos vertelde Faas openlijk wat hij met Willem Wisdom had afgesproken en de oude smid was blij te horen dat alles wat dat betreft nu ook goed geregeld was.

„Voordeel voor mij is dat je in de buurt blijft," zei hij. „Want ik zou je hulp moeilijk kunnen missen. Nu de winkel bijna klaar is, gaan we de werkplaats een fikse beurt geven en enkele meters naar achteren uitbreiden. Er moet plaats zijn voor nieuwe mensen die ik wil aannemen. Ik ben nog niet aan het einde van mijn verlanglijstje."

„Jij wordt nog ooit een hele grote," lachte Jos.

„En jij zult daarin meegroeien. Want of jij nu thuis voor Wisdom zit te werken of daarginds in de stad, ik blijf een beroep op je medewerking doen. Jij hebt technisch inzicht als geen ander en daar blijf ik graag gebruik van maken. Tegen elk aannemelijk bod, natuurlijk!"

„Natuurlijk!" glimlachte Jos. „In elk geval blijf ik voorlopig de omgeving afstropen om je wat meer bekendheid te geven. Je moet trouwens een artikel in het dorpskrantje laten zetten. Dan komt de provinciale krant er vanzelf op af. Want daarvan zul je het in het begin moeten hebben. Van de publiciteit! De mond op mond reclame doet de rest."

„Ik hoop het van harte," zei Faas.

Ach ja, de oude smid zag het allemaal op zich afkomen en hij merkte dat het hem boven het hoofd groeide. Zijn drang om nog eens aan iets nieuws te beginnen had hem in een fuik gelokt waaruit geen ontsnappen mogelijk was. En eigenlijk, diep in zijn hart, vroeg hij zich af of een winkel nu wel zo nodig was. Hij wilde een wat grotere werkplaats, hij had genoeg van de zwarte, roetige smederij. En toch was dat wat hem nog het meest dierbaar was.

Tegelijk besefte hij dat er nu geen weg terug meer was. En hij begreep ook bliksems goed dat de winkel een bijna logisch voortvloeisel was van de smederij die nu meer en meer op een kleine, technische werkplaats begon te lijken. Soms liep Faas er rond alsof het iets vreemds was voor hem, alsof hij bij een ander op bezoek was.

Maar dan, het volgende moment, schudde hij zijn hoofd. Hij hield zichzelf toch zeker niet voor de gek. Dit had hij toch altijd gewild. Hij had toch zelf Jos de Vet in huis gehaald en had hij niet de komst van de steenrijke Willem Wisdom toegejuicht? Zeker had hij dat en hij was er nog steeds blij om. Al die bedenkingen die zijn hersens binnenslopen. waren er slechts om de vreugde te verzieken over wat er ging gebeuren.

Faas had ook geen tijd om lang te piekeren. Hij die altijd alles zelf geregeld had, moest nu onderhandelen met mensen die hij nog nooit eerder had gezien. Want Wisdom stuurde kundige mensen op hem af vanuit de fabriek. Mensen met kennis van zaken over nikkelen en verchromen en over lakken. Want tja, je kon dan wel een degelijke schop persen, zo'n ding moest er ook fraai uitzien. Glad gepolijst en gelakt. En er moest een schopsteel aan. Geen klungelwerk, maar degelijk spul. Daar kwam ook weer een leverancier aan te pas.

Er ging bijna geen dag voorbij of Faas moest besprekingen voeren met mensen die allerlei aanbiedingen op tafel legden. Van eenvoudig gereedschap zoals een heggenschaar tot ingewikkelde elektrische gereedschappen die Faas zelf nog niet eens in zijn eigen werkplaats gebruikte. Dat was een voortvloeisel van de vele bezoeken die Jos in de wijde omgeving had afgelegd. Die begonnen nu hun vruchten af te werpen. Faas was hem daarvoor dankbaar en tegelijk vervloekte hij zo nu en dan het avontuur waarin hij zich had gestort. Maar een weg terug bestond niet meer. Diep in zijn hart had de oude smid daar vrede mee.

Het was het ideaal dat hij altijd in stilte had nagestreefd en dat nu werkelijkheid ging worden. En als hij daaraan dacht, dan groeide zijn hart en voelde hij zich weer jong en vitaal, zoals die dekselse Jos.

Diezelfde Jos had het op zijn manier ook razend druk met het inrichten van zijn eigen kantoortje op de boerderij van zijn schoonmoeder. Ze had hem naar de opkamer boven de kelder verwezen, omdat het daar rustig was. Willem Wisdom stuurde hem een grote bestelwagen met een tekentafel, een bureau, een stoel, en een archiefkast en heel de bliksemse boel die je nodig hebt om een fatsoenlijk kantoor in te richten.

„Allemaal eigendom van de zaak!" liet de grote Wisdom weten toen Jos er over opbelde. „Wees er dus zuinig op, want er moet mee gewerkt worden! Dat je dat niet vergeet!"

Nou, vergeten deed Jos dat zeker niet. Hij nam zich vast voor om als de grootste drukte rondom de renovatie van Faas zijn zaak achter de rug was, weer keihard aan de slag te gaan voor de grote baas.

Annie was blij met de oplossing die haar Jos zomaar kreeg aangeboden. Nu had hij werk en tegelijk was hij thuis, altijd bereikbaar. Er zullen vrouwen genoeg zijn die blij zijn als hun man overdag is opgehoepeld, maar voor Annie gold dat niet. Zij wilde zijn aanwezigheid voelen, ook al had hij even geen tijd voor haar. Maar hij was er, hij was bijna tastbaar aanwezig. Zelfs als hij in de weer was bij Faas, voelde zij zich minder prettig dan wanneer hij in haar directe omgeving was.

Dat had ook alles te maken met het feit dat ze zo voor de honderd procent moeder was. Ze was zo blij met haar kindje, zo trots en gelukkig. En ze zei het tegen Jos: „Als alles een beetje rustiger is geworden, als dat geploeter van jou een beetje achter de rug is, moet je ook weer eens wat meer aandacht aan mij besteden."

Toen hij haar niet begrijpend aankeek zei ze ronduit:

„Ik zou het helemaal niet erg vinden om een flink gezin te hebben."

Jos begreep haar nu en hij sloot haar ter plekke in de armen. „Aan mij zal het niet liggen, lieve schat!" zei hij gesmoord in haar haren. „Aan mij zal het niet liggen!"

En zo brak de dag aan dat *De Kleine Winst* zijn deur opende voor het publiek. Er was aandacht aan besteed in de lokale pers. Dat was op dringend verzoek van de grote zakenman Willem Wisdom, die zelf ter plekke aanwezig was om het feestelijke gebeuren mee te maken.

Er was de laatste tijd veel te doen geweest over de zaak van Faas. Want dat de oude smid op zijn leeftijd nog aan zo'n grote uitbreiding durfde te beginnen, dat was toch bepaald niet mis. En ze gunden het hem, ja, de meeste mensen gunden de smid zijn nieuwe zaak.

Bij hoge uitzondering kwam de burgemeester om de zaak te openen. Ook weer op stil aandringen van Wisdom. Die stond erbij en hield zich van de domme. En er waren bloemen, veel bloemen.

Het publiek kwam, niet druppelsgewijs, maar bij tientallen tegelijk. En elke nieuwsgierige klant kreeg als presentje een handschepje en een harkje mee naar huis.

In de middaguren, en vooral tijdens de receptie, was het er een drukte van belang, het leek wel op een receptie van een gouden bruiloft. Jos liep in zijn goede goed de mensen rond te leiden, in de winkel, maar vooral in de werkplaats en men kwam woorden te kort over wat er allemaal te zien was. *De Kleine Winst* was meer dan de titel deed vermoeden. Het was een up-to-date moderne werkplaats en een goed ingerichte winkel die zeker in een behoefte voorzag.

Toen om zes uur de knip op de deur ging, had Faas meer verkocht en meer bestellingen binnengekregen dan hij in normale omstandigheden in veertien dagen kreeg te verwerken.

In kleine kring werd er ook nog een feestje gevierd, maar niet tot in de kleine uurtjes.

„Morgenvroeg moet ik om negen uur open en ik zal er zijn," zei de oude Faas.

„En als je mij nodig hebt, hoef je maar te bellen," zei Jos.

„Kijk, zo heb ik mij die samenwerking nu altijd voorgesteld," zei Willem Wisdom. „En ik ben blij dat het zo succesvol van de grond is gekomen," en daar waren de anderen het volmondig mee eens.

Waarna Jos stilletjes de benen nam om uit te rusten bij zijn Annie en de kleine. Want die hadden hem al veel te lang en veel te vaak moeten missen.